Robert Brise

LES EMBALLEURS DE VIDE

Roman policier

LES ÉDITIONS
J KA

LES EMBALLEURS DE VIDE
Dépôts légaux :
Bibliothèque nationale du Québec
Bibliothèque nationale du Canada

Les Éditions JKA bénéficient du Programme de crédit d'impôt pour l'édition de livres —
Gestion SODEC — du gouvernement du Québec.

© Les Éditions JKA
Saint-Pie (Québec)
J0H 1W0 Canada
www.leseditionsjka.com

ISBN : 978-2-923672-43-4
Imprimé au Canada

À mon épouse pour tout ce qu'elle est.
À mes enfants pour ce que je ne suis pas.

1. ARDAVAST MENCHOURIAN

La matière est le véritable imposteur. Seul le rêve
a une chance d'être vrai.

Inspiré par l'œuvre de HOWARD PHILLIPS LOVECRAFT

ARDAVAST MENCHOURIAN ÉTAIT ASSIS DANS LA SALLE d'attente sur le bout de sa chaise, nerveux, impatient. On lui avait donné rendez-vous à quinze heures et il était quinze heures sept. Sa fébrilité l'empêchait de constater la somptuosité du décor dans sa sobriété : tables de verre, émaux sur cuivre, lampes sur pied de style rococo, murs tapissés de tableaux d'artistes contemporains ou d'agrandissements de planches de bandes dessinées et, par-dessus tout, la splendide réceptionniste mulâtre qui lui avait offert de prendre son paletot quand il était arrivé à quatorze heures cinquante-huit. Ardavast Menchourian avait refusé en balbutiant quelques paroles inintelligibles, s'était assis dans un fauteuil pur cuir de chez Funzionalismo sans même y porter un seul regard puis avait encore refusé l'offre de sa gracieuse hôtesse quand elle lui avait gentiment offert un café. Il tenait sur ses genoux un grand sac de papier kraft qu'il manipulait avec moult précautions. De temps à autre, il lissait les cheveux de sa tempe droite d'un geste appuyé, tempe qui n'en pouvait plus d'être lisse à force de brillantine, ou bien faisait mine de se déboucher l'oreille gauche avec son auriculaire droit.

La réceptionniste, qui en avait vu d'autres, éprouvait beaucoup de difficulté à ne pas fixer constamment cet étrange monsieur. Vêtu d'un complet gris élimé qui avait eu ses jours de gloire dans les années cinquante et de chaussures pointues en cuir patent, il portait une chemise d'une couleur rendue indéfinissable par l'usure et une étroite cravate noire d'embaumeur. Ce qui l'avait le plus surprise, c'était sa voix. L'homme, pourtant petit, s'exprimait avec une voix de basse dans un français impeccable, mais avec un fort accent étranger. Il appuyait fortement sur les « r » sans pourtant les rouler. « Menchourian, Ardavast Menchourian », lui avait-il dit en arrivant à l'agence, tenant son sac dans ses bras comme on l'aurait fait avec un petit animal ou un enfant en très bas âge. « J'ai rendez-vous avec ces messieurs dans deux minutes. » Puis il avait posé son regard sur l'écran d'ordinateur comme pour signifier à la demoiselle qu'elle pouvait vérifier, si elle ne le croyait pas sur parole. Il ne l'avait même pas regardée, elle, pourtant si belle, comme si elle n'avait été qu'un accessoire nécessaire à son passage en ces murs, néanmoins dérangeant par sa présence obligatoire. Étrange monsieur.

Puis, faisant les cent pas dans la salle d'attente, le vieil homme avait levé les yeux vers l'horloge suspendue au mur. Fronçant les sourcils, il vérifia l'heure sur sa montre-bracelet puis sur l'écran de son téléphone portable. Contre toute attente, Ardavast Menchourian grimpa sur un fauteuil avec l'agilité d'un jeune homme, pour décrocher l'horloge en question. Toujours juché sur son échelle de fortune, il entreprit de remettre l'horloge à l'heure. Il s'apprêtait à redescendre lorsque le patron de la firme sortit de son bureau, raccompagnant un client bien connu. Les voyant sortir, Ardavast Menchourian sauta promptement du haut de son fauteuil en balbutiant : « Vous aviez presque deux minutes de retard… Je veux dire… l'horloge ! »

Amusés par la situation, le patron et son client, d'un accord tacite, ne démontrèrent d'aucune façon leur surprise quant aux agissements de ce curieux personnage.

— Je vous laisse aux bons soins de Rebecca, monsieur Jones, dit le patron à son client. Nous vous enverrons les épreuves d'ici quelques jours.

Et monsieur Jones, réprimant son hilarité, se dirigea, tout sourire, vers la splendide créature qui avait refusé ses invitations galantes bien plus d'une fois.

— Ah ! Monsieur Menchourian, je suppose…, enchaîna le dirigeant de l'agence en tendant la main vers cet homme en habit gris qui semblait très préoccupé par l'exactitude de la pendulette de la salle d'attente. Je suis Robert Robertson. Passez dans mon bureau, je vous prie. Mon associé Jacques Lambert nous y attend déjà !

Ils échangèrent une poignée de main qui parut fort virile à Robertson de la part d'un homme à l'aspect si frêle.

Le bureau en question avait des allures de cathédrale techno avec son immense table en marbre blanc, ses plafonniers de cristal et la pléiade d'écrans qui couvraient un mur complet de la pièce. Même *shake-hand* avec Jacques Lambert, même sensation, même surprise. Les trois hommes ayant pris siège, c'est l'associé qui brisa la glace.

— Alors, monsieur Menchourian, votre lettre nous a beaucoup intrigués. Comment pouvons-nous vous aider ?

Le grand sac de papier, posé sur la table de conférence nue, avait des allures de sculpture hyperréaliste. Bien qu'Ardavast Menchourian l'y ait déposé, il gardait néanmoins sa main gauche légèrement posée dessus, comme si son trésor risquait de s'envoler.

— Vous n'êtes que deux ? interrogea le nouvel arrivé.

— Aujourd'hui, oui, mais soyez sans crainte, Robertson & Robertson possède une équipe de plusieurs dizaines de spécialistes. Et il répéta : En quoi pouvons-nous vous aider ?

— Vous savez, messieurs, dit Menchourian en examinant avec incertitude le décor qui l'entourait, je ne suis pas arrivé ici par hasard. J'ai fait une recherche très détaillée et j'en suis arrivé à la conclusion que vous étiez les meilleurs de l'industrie.

— C'est très flatteur de votre part…

— Taratata ! l'interrompit Menchourian. La flatterie ne dort pas dans mon lit. Je constate les faits, rien que les faits, un point c'est tout.

Puis, se retournant vers Robertson :

— Dites-moi, jeune homme… Est-il exact que vous pouvez créer un emballage pour n'importe quoi ? Du moins, c'est ce qui est écrit en toutes lettres sur votre site Internet…

— Nous créons des images de marque pour plusieurs entreprises multinationales depuis de nombreuses années, monsieur, alors disons que oui, jusqu'à maintenant nous avons réussi à créer des emballages, comme vous dites, pour à peu près n'importe quoi.

— *Shat lav !* Parfait ! Parce que j'ai un défi de taille pour votre firme.

En disant cela, Ardavast Menchourian retourna le sac à l'envers de façon à déverser son contenu sur la table de marbre. Bien que rien ne soit tombé du sac, Menchourian sembla totalement satisfait du résultat obtenu. Montrant d'une main légèrement tremblante la table toujours vide, il toisa ses deux interlocuteurs et leur demanda :

— Croyez-vous être en mesure d'emballer cela ?

— Mais il n'y a rien sur la table ! s'exclamèrent presque à l'unisson les deux spécialistes.

— Je sais, je sais, dit l'homme, souriant de toutes ses dents en hochant la tête. Raison de plus pour bien l'emballer, non ?

Les associés échangèrent plusieurs regards perplexes avant que Robert Robertson ne réponde :

— Est-ce que c'est une farce ?

— Pas du tout, cher ami. Je suis l'homme le plus sérieux du monde. Je vais bientôt avoir soixante-dix ans et je chéris ce projet depuis près de trois décennies. Alors ? Vous en sentez-vous capables ou dois-je faire affaire avec une autre agence ?

— Je comprends mieux votre lettre maintenant. Quand vous prétendiez avoir pour nous « l'affaire d'emballage du siècle pour un produit jamais vu aux limites de l'imagination humaine ». Puis il enchaîna sur un ton paternaliste : Je conçois aussi que vous désiriez réaliser une vieille fantaisie, et d'ailleurs, c'est ce que nous faisons à longueur de jour ici, réaliser les fantaisies de nos clients, mais êtes-vous bien conscient des sommes que vous devrez débourser pour avoir recours à nos services ?

— *Problem chika !* Pas de problème ! Je connais vos tarifs et je veux le traitement complet. Après trente ans d'attente, on a bien droit au service royal, n'est-ce pas ?

Il avait dit cela sur le ton d'un enfant à qui on aurait donné une bicyclette neuve et ces accents juvéniles avaient des sonorités étranges dans sa voix de basse.

— Je ne vois pas pourquoi nous refuserions pareil mandat, déclara Jacques Lambert. N'est-ce pas, Robert ? Après tout, notre travail ne consiste pas à choisir le produit, mais bien à en fabriquer l'image. Moi, je suis partant.

— OK, dit Robertson. Je reconnais que c'est un défi de taille, mais je crois que l'équipe sera très stimulée par un tel mandat. Monsieur Menchourian, bienvenue chez Robertson & Robertson !

Le sexagénaire avait les yeux mouillés par l'émotion et il retira un mouchoir brodé d'initiales de la pochette de son complet pour effacer la buée qui voilait son regard ravi. Le président décrocha le téléphone et demanda à Rebecca de bien vouloir consulter son agenda. Puis, ayant raccroché, il se retourna vers Menchourian :

— Meeting pluridisciplinaire mercredi prochain à la même heure, ça vous va ? L'homme qui repliait son sac pour le mettre dans sa poche acquiesça d'un signe de tête. Nous commencerons par le début : concepteurs, rédacteurs, graphistes, marketers… toute l'équipe sera là pour vous.

— *Ts'tesutyun*. Au revoir. Merci, messieurs. J'apprécie beaucoup. Je vous assure, beaucoup…, répondit l'homme à la cravate de croque-mort en se levant.

Et l'étrange monsieur quitta prestement l'agence, comme s'il avait soudainement une tâche importante à accomplir, sans un regard à la ravissante réceptionniste.

— Qu'en penses-tu, Jacques ? demanda Robertson.

— Difficile à dire… Ou bien c'est un piège de la part de nos amis de chez Scott & Young, ou le bonhomme est un craqué comme je n'en ai pas vu souvent.

— Alors, tu vas t'organiser pour tout savoir sur notre client. Je veux tout : antécédents, profession, origine, comptes en banque, activités politiques… Tout ! Et tout ça avant mercredi, ça va de soi.

— Je m'en occupe. Je mets Tony là-dessus dès aujourd'hui, on verra bien.

Tony, c'était Antonio Retondo, le détective privé maison de l'agence. Un jeune homme courtois et polyglotte, beau comme une statue grecque et qui avait le don pour soutirer de tout un chacun les plus secrètes confidences. Il mentait avec art et son air angélique lui permettait de poser les questions les plus indiscrètes sans que jamais on lui en tienne rigueur. Après quelques années passées comme policier, il avait été recruté par l'agence de façon à ce que Robertson & Robertson puisse être toujours à l'affût de ce que préparait la concurrence et par mesure de sécurité dans des situations comme celle-ci. Retondo, qui avait toujours besoin de beaucoup d'argent pour assouvir sa soif du beau sexe, avait accepté l'offre de l'agence avec enthousiasme, car on lui avait simplement offert de doubler son salaire, quel qu'il soit.

Tony se rendit donc, au volant de sa Maserati Spyder, à l'adresse d'Ardavast Menchourian, dans le quartier ouest de la ville. L'homme habitait le même deuxième étage depuis plus de quinze ans. C'était un duplex sans personnalité bâti dans les années cinquante qui appartenait à un couple de Polonais. Leur expliquant qu'il travaillait pour la municipalité et qu'il devait faire des tests à propos de matières isolantes en suspension qui pouvaient être cancérigènes, il n'eut aucune peine à pénétrer chez Menchourian et à apprendre de la part de la propriétaire tout ce qu'elle pouvait savoir sur son locataire. Il sut donc que leur locataire était veuf depuis bientôt trois ans, qu'il ne recevait jamais de visites féminines, que ses deux enfants vivaient probablement à l'étranger et qu'il était accordeur de pianos. Ayant parcouru une liste de clients durant sa visite de l'appartement, il put téléphoner à certains de ceux-ci, prétextant vouloir des références, et apprit qu'Ardavast Menchourian travaillait de façon purement artisanale, n'utilisant ni diapason ni accordeur électronique. En fait, il ne se fiait qu'à son oreille en n'utilisant qu'une simple clé d'accord. Il avait la réputation d'être, de loin, un des meilleurs praticiens de son métier et pouvait se permettre de choisir sa clientèle, qui ne provenait que du « grand monde ». Toujours selon sa propriétaire, il ne possédait pas de voiture, voyageait en métro et vivait selon un horaire très régulier. Chose remarquable, il n'y avait pas de télévision dans son appartement. Par contre, il possédait un ordinateur très puissant et deux pianos dont il ne jouait presque jamais. Tous le considéraient comme un homme poli et un peu bavard. Sa bibliothèque, bien que passablement garnie d'œuvres en arménien, en italien et en français, était banale et il n'avait pas d'animal de compagnie.

Il fut plus difficile à Tony d'obtenir des informations sur sa situation financière. L'homme n'avait aucune carte de crédit et payait tout, y compris son loyer, en argent sonnant. Il finit par retracer le compte de banque de Menchourian grâce aux entreprises de pompes funèbres qui s'étaient occupées des obsèques de sa femme, trois années auparavant. Leurs services avaient été payés grâce à une traite bancaire d'un établissement français, la Société Générale. Là, ses anciens contacts au sein du corps policier ne lui servirent à rien. Il dut avoir recours à son « carnet noir personnel » pour y trouver les coordonnées d'Andréanne, une ancienne conquête qui travaillait comme conseillère fiscale dans cette banque. L'information lui coûta quelques remontrances, des roses et un week-end à la montagne. Finalement, il apprit qu'Ardavast Menchourian n'avait rien d'un pauvre et qu'il aurait pu cesser ses activités professionnelles depuis de nombreuses années. Bien qu'il n'ait eu aucune assurance, il avait offert des funérailles princières à sa veuve et demeurait, de loin, l'accordeur de piano le mieux nanti du pays. Il était impossible pour Antonio Retondo de savoir si Ardavast Menchourian avait accumulé cette petite fortune à force d'économie et de simplicité ou s'il avait obtenu, par le passé, des sommes considérables, pour un homme de sa condition, d'une toute autre façon. Le compte bancaire d'Ardavast Menchourian avait plus de dix ans et avait toujours été bien garni. Bref, sa fortune demeurait de provenance évasive, mais la copine d'Antonio lui promit de le tenir au courant si elle en apprenait davantage, à condition qu'il soit un peu plus assidu dans ses rapports avec elle. Pour l'instant, l'homme était anonyme ; pas d'antécédents judiciaires, pas de participation à un parti politique, aucune frasque, rien. Ennuyeux, mais riche tout de même, se dit Tony Retondo en relisant son dossier bancaire pendant qu'Andréanne dormait comme un ange à ses côtés.

2. VINCENT GRENIER

L'amour, la haine, vous n'avez qu'à choisir, tout couche sous le même toit ; et vous pouvez, doublant votre existence, caresser d'une main et frapper d'une autre.

Marquise de Merteuil

Dans une chambre meublée louée à la semaine des Appartements chez Lise, Jacques, dit « Bim » Beaudouin, et Frank Scheffler, surnommé « Elvis », discutaient de la meilleure façon de se refaire. Ils venaient tous deux de sortir de prison et jouissaient d'une libération conditionnelle depuis moins d'une semaine. Étant membres du même groupe de motards, le simple fait de cohabiter aurait été suffisant pour mettre fin à leur liberté, mais ni l'un ni l'autre ne se préoccupait de ces détails. Après avoir consacré les trois derniers mois de leur séjour aux frais de la reine à faire des projets pour le jour où ils seraient libres, ils n'avaient sûrement pas l'intention d'entraver cette liberté en se pliant aux exigences des agents de libération conditionnelle ; ils avaient d'autres priorités. À bien y penser, le meublé étroit, miteux et humide de la banlieue sud où ils se trouvaient ressemblait passablement à une cellule et leur seul souci, pour l'heure, était de changer radicalement de décor. Ni l'un ni l'autre n'avait encore atteint le quart de siècle et ils partageaient l'insouciance de ceux qui ont toujours vécu avec moins que rien.

Assis sur une chaise de cuisine aux pattes chromées dont le siège était recouvert de vinyle orange, les coudes appuyés sur une table bancale au dessus de stratifié éraflé, Bim lisait l'hebdo local qu'il avait cueilli dans l'entrée de l'immeuble. L'intégrale de la page quatre du canard était consacrée à une famille nouvellement installée dans un quartier cossu qui venait de remporter le gros lot à la loterie. Accompagnant l'article assez bref, on pouvait voir une photo des membres de la famille chanceuse, composée du père, de la mère et de leur fille adolescente. Debout devant leur coquette maison, tous souriaient de façon un peu rigide en tendant le chèque devant eux pour le plaisir du photographe.

— Écoute ça, dit Bim :

Mercredi soir dernier, la famille Grenier de Sainte-Julie avait vraiment le cœur à la fête lorsque le père a découvert, en faisant vérifier son billet de loto 6/49 à la boucherie Richard, qu'ils venaient de remporter le gros lot de 3 200 000 $. Interrogée sur leurs intentions, la famille a avoué ne pas trop avoir de plans puisqu'ils ne jouaient à la loterie qu'à l'occasion et qu'ils n'avaient jamais imaginé se retrouver un jour avec pareille fortune. Monsieur Grenier, qui est ingénieur, blablabla…

Ayant interrompu sa lecture, il lança le journal à Elvis, qui était inconfortablement avachi dans ce qui avait déjà été un sofa-lit.

— Jette un oeil sur la petite. Pas mal, je te dis…

— Ouais, mon vieux. Y a du monde qui ont tout pour eux. Shit! Trois millions deux cent mille dollars! Et je gage qu'ils n'en ont même pas besoin. Pendant ce temps-là, nous autres, on pourrit ici.

— T'es de la Rive-Sud, toi, non? Serais-tu capable d'identifier le quartier où la photo a été prise?

Elvis se releva sur un coude.

— Oui, oui. C'est pas grand Sainte-Julie. J'ai déjà fait de la livraison là-bas. Tu veux quand même pas aller leur piquer leurs nouvelles bébelles, *god damned*! On est plus des kids!

— Relaxe! Je suis pas assez cave pour pas savoir que les nouveaux riches commencent toujours par s'acheter des systèmes d'alarme high-tech! Non, vois-tu, j'me disais plutôt qu'une petite blondinette de riche comme la fille des Grenier, ça devait bien valoir dans les cinq cent mille, si jamais elle était retenue à l'extérieur de la maison...

— *Shit! That could be a fast one!* C'est vrai. C'est pas cher, cinq cent mille, pour retrouver ta petite fille quand tu viens de gagner plus que trois beaux petits millions!

Le journal local venait donc de leur donner l'inspiration nécessaire pour réaliser rapidement les rêves de richesse qu'ils avaient formulés entre les murs. Dès le lendemain, Elvis « emprunta » une voiture dans un stationnement et, la photo des Grenier en main, partit à la recherche de la maison qui y figurait. Au bout de deux jours, le plan était prêt. C'était au moment où « la petite » sortirait du collège, vers quinze heures trente, que Bim et Elvis en profiteraient pour l'obliger à monter avec eux en voiture. Ensuite, revenus à leur appartement, ils n'auraient qu'à téléphoner à « maman » pour demander la rançon. Le couple de parents, paniqué, ne devrait pas présenter trop d'opposition et dès le lendemain, les deux complices pourraient partir pour Vancouver le temps de se faire oublier, avant de passer aux « États ».

La première partie du plan fonctionna à merveille. Avant même qu'elle ait eu le temps de s'en rendre compte, Stéphanie Grenier se retrouva bâillonnée et ligotée au fond d'une voiture en direction de sa future prison. Une fois arrivé aux Appartements chez Lise, Bim détacha leur prisonnière pour qu'elle puisse téléphoner. Ayant recouvré la vue, elle fixa ses deux kidnappeurs d'un regard de petite tigresse gâtée qui ne démontrait aucune frayeur.

— Vous ne me faites pas peur ! leur dit la jeune fille du haut de ses quatorze ans. Attendez que mon père sache ça et ça va mal aller pour vous autres !

— C'est exactement ça qu'on veut, la petite, répondit Elvis. Tu vas téléphoner à ta mère et lui dire que si on a pas cinq cent mille dollars d'ici demain matin, ton cher papa devra chercher dans le fleuve pour retrouver sa fille.

À ce moment-là, Stéphanie Grenier se rua sur Elvis comme une chatte enragée et se mit à le frapper et à le griffer de toute la vigueur de ses petites mains. Bim, qui portait bien son surnom, car il avait tous les attributs d'une poutre d'acier, saisit la jeune fille par les épaules, ce qui eut le même effet que si on l'avait emprisonnée dans un étau de cent kilos. De son côté, Elvis lui empoigna les deux jambes, qui avaient perdu leur point d'appui au sol. La jeune fille se retrouva paralysée par la douleur et soudainement aussi par la peur. Suspendue entre le plafond et le sol dans cette position grotesque, les jambes grandes ouvertes, elle réalisait tout à coup qu'elle avait affaire à des types qui pourraient bien profiter de l'occasion pour l'agresser avant que son père ou les policiers ne puissent faire quoi que ce soit.

Rendue docile, elle promit de collaborer. On la posa par terre et elle prit le téléphone pour composer le numéro de cellulaire de son père.

— Papa ? C'est Fanny. (Elle n'avait qu'un filet de voix.) J'ai un problème… Papa ? Il y a deux hommes avec moi ici qui voudraient te parler.

Ce disant, elle passa le téléphone d'une main tremblante à Bim qui le prit machinalement. C'était malhabile et il le savait, car personne, à part Stéphanie, n'aurait dû entendre sa voix, de façon à ne pas donner de chance à la justice de les identifier. L'énorme Bim ne l'aurait jamais avoué à son comparse, mais il était ému par le désarroi de la jeune fille. Ainsi, prenant un risque inutile, il s'adressa au père de Stéphanie :

— Cinq cent mille dollars. On veut cinq cent mille dollars avant onze heures ce soir, sinon ta fille va aller danser dans le fleuve avec des bottes de soirée en ciment. Est-ce que c'est clair ?

— Très clair ! répondit Vincent Grenier d'une voix à la fois feutrée et contrôlée. Je vous en donne même le double si vous me promettez de ne pas lui faire de mal.

Jamais Bim ne se serait attendu à une telle réponse. Pas de menaces hystériques, pas de surprise ou de sanglots, pas de sensation de panique, le père de Stéphanie avait réagi avec tellement de froideur que c'est Bim qui était désorganisé. Ne sachant trop quoi répondre, il restait là, silencieux au bout du fil, interrogeant Elvis du regard.

— Qu'est-ce qu'y a ?

— Le bonhomme dit qu'il va nous donner un million si on touche pas à sa fille ! Elvis arracha l'appareil des mains de Bim.

— Écoute bien, Charlie ! Moi, ça fait un bon bout de temps que j'ai pas pu sauter une bonne femme. Puis ta p'tite est pas mal à mon goût. Alors, si tu veux pas qu'on se tape ta blondinette, ça va te coûter un million et demi et je te jure que ça va être difficile de se retenir, alors fais ça vite. OK ?

— OK, OK, répondit cette fois le père de Stéphanie, toujours avec ce ton dans la voix qui semblait indiquer que c'était lui qui menait la situation. Mais je ne pourrai jamais amasser un million et demi de dollars avant onze heures. Donnez-moi jusqu'à une heure du matin.

— *Deal, body !* On te rappelle à minuit pour te dire où apporter l'argent et où trouver ta fille. Eille ! Oublie pas ! Pas de police, pas de folies, sinon c'est la petite qui va avoir sa fête.

— Laissez-moi lui parler, conclut Grenier de façon péremptoire.

— Ton père veut te parler, dit Elvis en lui tendant docilement le téléphone.

— Sois prudente, ma puce. Papa s'occupe de toi. Tu vas dormir à la maison cette nuit, c'est promis.

Réalisant qu'il risquait de perdre le contrôle de la situation, Bim retira le téléphone à Stéphanie et raccrocha. Il lui indiqua d'un geste de la main le lit qui était au fond de l'appartement et l'avertit de s'y installer en silence si elle voulait que tout se passe bien.

À son domicile, vers seize heures trente, Geneviève Molinier-Grenier commençait à s'inquiéter de ne pas voir sa fille rentrer lorsqu'elle reçut un appel de son mari. Il lui indiquait qu'il était allé reconduire leur adolescente chez une copine et qu'il la ramènerait tard ce soir, en revenant d'une réunion. Geneviève, ravie d'avoir une soirée pour elle, indiqua à son époux qu'elle comptait inviter sa mère à faire un tour de ville. Celle-ci était tout juste arrivée d'Europe pour célébrer la fortune récente de sa fille unique. Elle raccrocha gaiement sans se douter du drame que se jouait à quelques kilomètres de là. Puis, Vincent Grenier composa un second numéro et attendit. Au bout de quatre sonneries, le répondeur se mit en marche. Pendant que le message sonore défilait, Grenier composa un second numéro à cinq chiffres et une nouvelle sonnerie s'activa. Cette fois-ci, on y répondit dès le premier coup.

— Oui?

— C'est Vincent.

— Tiens, Vincent ! Un pépin ?

— J'ai besoin d'aide.

— D'aide ? Comment ça ? reprit la voix visiblement amusée.

— Écoutez, je ne veux pas vous mêler à ça. Alors le moins vous en saurez et le mieux ce sera. Je veux juste aller voir le Boss.

La voix à l'autre bout du fil s'éteignit. Son propriétaire réfléchissait en respirant lentement.

— *Juste* aller voir le Boss…, répéta l'homme au téléphone en insistant sur le « juste » pour indiquer à quel point cette demande était déraisonnable.

Bon, parce que c'est vous. J'espère que vous savez ce que vous faites ? Je vous fais ouvrir les portes, mais faites attention, elles ont tendance à se refermer toutes seules ces temps-ci.

« Le Boss », comme l'avait appelé le père de Stéphanie, c'était, en réalité, le grand patron du crime organisé. Or, il y avait un problème : le Boss était en prison ! Quoi qu'il en soit, vers vingt et une heures, au pénitencier à sécurité maximale de Saint-Vincent, on vint annoncer au « Boss » qu'il avait une « visite ». Le Boss lui-même fut surpris. À part son avocat qui venait le voir tous les jours à treize heures dix et sa femme, qui avait un droit de visite mensuel, personne n'était autorisé à le visiter. Croyant qu'il s'agissait d'une quelconque affaire familiale, il s'attendait à voir apparaître son avocat quand il vit qu'on faisait entrer dans sa cellule un homme qui lui était parfaitement étranger. Svelte, dans la mi-quarantaine, les cheveux blonds bien coiffés et vêtu d'un complet italien, l'homme vint s'asseoir près du prisonnier comme s'il prenait place à côté d'un client qui l'eût invité à prendre une bière après le travail.

— Je ne sais pas qui vous êtes, dit le Boss en voyant entrer Grenier, mais j'ai bien hâte de savoir qui vous a fait entrer ici!

— Ce n'est pas de vos affaires, mon vieux, et j'ai des choses plus pressantes à régler.

— Baveux à part ça! En tout cas, tes contacts doivent être bons en christ pour que tu te permettes de me parler sur ce ton-là!

Grenier ne sembla pas prêter attention aux paroles de l'homme qui était devant lui :

— Écoute bien! Il y a deux petits crottés qui ont enlevé ma fille et qui veulent une rançon avant une heure cette nuit. Je ne sais pas comment tu vas faire, mais je veux que tu trouves qui sont ces deux épais et que tu t'organises pour qu'ils relâchent ma fille sans avoir touché un seul de ses cheveux. C'est clair?

— Quoi! Tu me menaces? Pour qui tu te prends? Fais comme tout le monde, va voir la police. Pourquoi je t'aiderais? Et qui te dit que je sais qui a enlevé ta fille?

— Dans le moment, poursuivit Grenier de sa voix feutrée d'où ne perçait aucune provocation, je suis sûr que tu ne sais pas du tout qui sont ceux qui ont fait ça. Mais, dit-il tout en soutenant le regard du Boss, tu regarderas les nouvelles de vingt-deux heures et je suis certain qu'après cela, tu vas t'organiser pour que j'obtienne ce que je demande. Fais-moi confiance !

Terminant ainsi son entretien, Vincent Grenier se leva et fit signe au gardien qu'il désirait quitter la cellule. Il laissa au Boss un bout de papier sur lequel était inscrit le numéro de téléphone d'où les ravisseurs de sa fille lui avaient téléphoné. Le Boss demeura assis et passa sa main dans ses cheveux en brosse. À la limite, l'événement avait quelque chose de comique et il en vint à se demander si ce n'étaient pas les gardiens de la prison qui s'étaient mis ensemble pour lui faire une blague. À tout hasard, à vingt-deux heures, il ouvrit le téléviseur pour écouter les informations. Le bulletin débuta par un reportage spécial et en direct. Un bar de danseuses nues de la banlieue sud, le San Juan, venait tout juste d'être soufflé par une explosion qui avait fait voler en éclats les vitres des fenêtres de tout le voisinage. Comme le bar appartenait supposément aux motards criminalisés, le journaliste affirmait que l'événement était sans doute le résultat d'un règlement de comptes entre bandes rivales. Au moment du reportage, personne ne pouvait affirmer si la déflagration avait fait des victimes, mais on craignait des représailles qui risquaient de relancer la guerre de motards.

Stupéfait, le Boss zappa toutes les chaînes, muet, assommé. On parlait du San Juan partout. Le grand blond arrogant qui lui avait rendu visite une heure plus tôt avait fait sauter un bar de danseuses en pleine banlieue, sur un boulevard des plus achalandés, en début de soirée, probablement avec plusieurs bâtons de dynamite ou encore avec du plastic et personne n'avait rien vu ? La police n'avait aucune piste ! Bullshit ! Décidément, ce gars-là n'était pas n'importe qui et il valait la peine qu'on s'en occupe.

❦

À vingt heures dix, Vincent Grenier entrait dans le stationnement sous-terrain du Casino de Montréal. Là, conformément à ce qui avait été entendu avec son « contact » téléphonique, une Nissan Altima beige l'attendait au deuxième niveau dans l'espace réservé aux voitures pour personnes handicapées. Grenier eut une bonne pensée pour son « contact ». L'Altima était de loin la voiture la plus anonyme qu'on puisse trouver. Il quitta sa BMW allongée et sortit du stationnement au volant de la Nissan en ayant pris soin de retirer la vignette de personne handicapée accrochée au rétroviseur. En cette période du début de l'hiver, le soir tombait vite et il put tranquillement admirer les lumières de la ville en traversant le pont. Les effluves âcres de la Molson pénétraient l'habitacle de son véhicule. Cette odeur caractéristique lui était toujours apparue comme une signature laissée par la ville à ceux qui la quittaient. Arrivé au San Juan, il prit soin de stationner sa voiture suffisamment loin des caméras de surveillance pour qu'on ne puisse pas identifier son numéro de plaque minéralogique. Un autre petit tour de passe-passe avec son écharpe fit en sorte que la caméra de l'entrée n'eut jamais une bonne image de son visage. Grenier avait du métier. Le portier lui ouvrit sans même lui porter un regard et empocha les deux dollars de convenance. À cette heure, le bar était quasiment désert et le vestiaire n'était pas encore ouvert. Vincent Grenier put donc entrer sans enlever son paletot, ce qui lui facilitait la tâche. Assis non loin de la scène, il commanda à la serveuse une Labatt Bleue, lui qui ne buvait jamais de bière, en se forgeant un fort accent anglophone. Devant lui, une grande Noire au pubis fort velu mimait tous les gestes de l'amour sans pourtant parvenir à dégager la moindre sensualité. Grenier, qui reconnaissait les odeurs de ce lieu sans jamais y avoir mis les pieds, constata que la seule fille qui était digne d'intérêt entre ces murs était la serveuse, celle qui ne se déshabillait jamais. Comme il n'y avait pas foule, il ne fallut pas plus de quelques minutes pour qu'une jeune fille plutôt filiforme vienne s'asseoir à ses côtés.

— Salut ! Moi, c'est Poppy.

— Bill, répondit Grenier avec son accent anglais.

— Tu viens souvent ici ?

— *Yes.* Tout le temps, mentit l'anglophone factice.

— Ah ! Moi, c'est seulement ma deuxième journée. C'est probablement pour ça qu'on ne se connaît pas encore. C'est bien comme endroit… Le monde est correct.

Comme « Bill » ne lui répondait pas, mais lorgnait vers sa poitrine menue qui n'était couverte que d'un voile diaphane, Poppy enchaîna dans son meilleur anglais :

— *You want to play with me ?*

« Bill » fit signe que oui et ils se dirigèrent vers les isoloirs du fond. Ils passèrent devant une cabine où une fausse blonde faisait valser son postérieur à la hauteur du nez de son client, le regard complètement ailleurs. Le corps à moitié sorti de l'isoloir, ses seins pendaient, fatigués. Elle salua Poppy :

— Pas grand monde à soir, hein ? Fais-toi z'en pas, ça va se remplir vers minuit.

L'échange avait eu lieu entre les deux danseuses sans que la blonde interrompe la valse lascive de ses fesses molles dans un rythme qui tranchait avec la musique heavy métal que les haut-parleurs crachaient à tue-tête.

Une fois dans son isoloir, Poppy proposa à Bill d'attendre la prochaine « chanson » avant de commencer sa danse. Puis elle s'assit à côté de lui et s'alluma une longue cigarette. Elle avait une demi-lune tatouée sur l'épaule et sa tenue légère lui donnait la chair de poule. Grenier constata que Poppy n'était sûrement pas bien plus âgée que sa propre fille.

— Quel âge as-tu ? demanda Vincent à sa danseuse.

— Dix-huit ans.

— Donc, tu es née en…

— Euh… Mille neuf cent quatre-vingt…

— Cinq ?

— Oui, c'est ça.

— Non, nargua Grenier, tu veux dire quatre-vingt-sept ?

— Euh… oui, bien sûr, quatre-vingt-sept !

— Et pourquoi pas 1492 un coup parti. Me prends-tu pour un épais, *Pussy*! J'ai vu d'autres filles avant toi! T'as pas plus que quinze ans, shit!

— Eille, charrie pas, j'vais avoir dix-sept ans dans pas long-temps. Stoole-moi pas, OK? J'vais te faire des affaires spéciales si t'es cool avec moi.

Et ce disant, elle commença à enlever sa petite culotte. Bill mit simplement la main sur sa cuisse pour lui indiquer de suspendre son geste.

— Pas besoin de ça, « kiddy ». Mais tu peux peut-être me rendre un p'tit service…

Et il sortit de la poche de son manteau un colis, grand comme deux paquets de cigarettes, qui devait peser dans les cinq cents grammes, enveloppé de papier brun.

— Peux-tu me garder ça une couple d'heures? J'ai un chum qui doit venir chercher ça ici.

— J'imagine que tu ne me diras pas ce qu'il y a là-dedans?

— *No big deal*, c'est de la *shit*. Un gros paquet de *shit*. T'as juste à attendre que je te rappelle et je te dirai à ce moment-là à qui le donner. Je garde ton secret, tu gardes mon secret. *Scratch my back…*

— …*I'll scratch yours*. OK. Maintenant? Je danse pour toi ou pas?

— Laisse faire, *no time for that*. Mais prends ça pour la commission. T'es une p'tite fille correcte. *Watch your back, baby, life's a bitch.*

Et « Bill » lui refila trois billets américains de vingt dollars avant de quitter l'isoloir pour sortir à jamais du San Juan.

À vingt heures quarante, Vincent quittait à nouveau le casino au volant de sa BMW en direction du pénitencier de Saint-Vincent. Il prit son cellulaire et téléphona au bar qu'il venait de quitter. Quand il eut Poppy en ligne, il lui demanda :

— *Hi, Pussy*, c'est Bill. T'as toujours mon p'tit cadeau ?

— Qu'est-ce que tu penses ? Je suis une fille correcte ou non ? Reste tranquille, je l'ai caché dans mon isoloir, en dessous du siège des clients.

— Parfait, laisse-le là, pis *crisse* ton camp, honey, la police débarque dans dix minutes !

— Tu me niaises-tu ? Ostie, c'est pas drôle ces affaires-là !

— *Fuck !* J'ai pas de temps à perdre. Fais ce que je dis, sinon tu vas avoir *vraiment* du trouble. Compris ?

— Correct, Bill, je pense que je peux te faire confiance. Je ne sais pas pourquoi, mais… merci de prendre soin de moi.

— Laisse faire les mercis pis *décrisse* tout de suite, promis ?

— Promis !

Vincent raccrocha et Poppy sauta dans un taxi en direction du métro. À peine avait-elle croisé trois ou quatre feux de circulation qu'elle entendit l'explosion qui allait rayer le San Juan de la carte pour de bon. Bien que la bombe fît près d'une vingtaine de morts, les journalistes reçurent l'ordre

de ne divulguer aucun bilan des pertes pour éviter la suren-
chère des victimes, typique à la guerre des motards.

Dans le meublé des Appartements chez Lise, Bill et son
compagnon, qui n'avait du « King » que les favoris, com-
mençaient à s'impatienter. Encore trois heures à attendre
avant de pouvoir toucher leur magot. Stéphanie, dans
son coin, n'avait pas desserré les lèvres depuis des heures
et somnolait, recroquevillée à l'autre bout de la pièce. Ils
avaient épuisé tous les scénarios possibles quant à la petite
fortune qui leur serait livrée en échange de la jeune fille et
l'euphorie des premiers moments avait laissé place à un silence nerveux. Elvis, assis par terre, se roulait une cigarette
très fine avec du tabac Drum. Cette habitude, qu'il avait
développée en prison, irritait Bim, qui trouvait l'odeur du
Drum irritante.

— Tu pourrais pas fumer autre chose maintenant qu'on
est dehors ! Tes ostie de cigarettes finissent par empester la
place au complet !

— C'est pas ma faute ! À force de fumer cette cochonnerie-
là en dedans, j'ai fini par plus vouloir fumer autre chose.
Puis arrête donc de chialer tout le temps, on a encore rien à
faire ici. C'est comme si on était encore là-bas !

Elvis lorgnait de temps à autre vers leur prisonnière,
qui semblait une proie facile dans son demi-sommeil.

Prenant un ton des plus complices, il désigna l'adolescente du menton, accompagnant son geste de la tête d'un regard lubrique :

— On en profite avant qu'elle parte ? dit-il en retirant un morceau de tabac de ses lèvres craquelées du revers de sa main fermée.

En guise de réponse, il reçut un coup de poing au visage qui lui fit le même effet que s'il avait été frappé de plein fouet par un train en marche. Sous l'impact, son fauteuil perdit pied et il se retrouva au sol, sur le dos, le postérieur toujours planté dans sa chaise. Si le direct de Bim n'avait pas suffi à assommer Elvis, le choc brutal de sa tête contre le parquet aurait eu raison de lui. Il demeura ainsi, saignant abondamment à la fois du nez et de l'occiput. Stéphanie Grenier, terrorisée, s'était levée d'un bond en poussant un petit cri étouffé et fixait Bim avec des yeux exorbités, la lèvre inférieure tremblante de frayeur.

Comme pour rassurer la jeune fille, Bim leva les mains vers elle, lui offrant le spectacle de ses paumes nues :

— Reste tranquille, fifille... J'ai jamais tapé sur une femme et j'suis pas près de commencer. Disons que c'était un accident, OK ? Elvis, des fois, faut le remettre à sa place.

❦

À l'époque, Jacques Beaudouin ne s'appelait pas encore Bim. Au bar où il travaillait comme « doorman », certains l'appelaient « Jacquot » ou « Co » tout court. Il n'avait que dix-sept ans, mais sa stature lui permettait de faire croire à tout le monde qu'il était beaucoup plus âgé. Ce soir-là, Jacques Beaudouin ne bossait pas et il poireautait devant la télé, une bière à la main. Sa mère était Dieu seul sait où et son père, comme à l'habitude, fricotait dans le garage. Vers la fin de la soirée, il entendit son paternel entrer, mais n'y prêta pas beaucoup d'attention. Lui et le vieux n'avaient jamais rien eu à se dire et s'évitaient tacitement depuis des années. À un certain moment, il crut entendre un sanglot provenant de la chambre de sa petite sœur qui dormait au rez-de-chaussée, juste à côté du salon où il se trouvait. « La petite », comme on l'appelait dans la famille, avait toujours eu un sommeil agité et comme elle était sa cadette de près de sept ans, Jacques avait, dès sa naissance, eu un faible pour cette enfant taciturne aux grands yeux verts. Il se leva donc pour aller voir si « la petite » faisait un mauvais rêve et en entrant dans sa chambre, surprit son père assis sur le bord du lit. Il se tenait là, le pénis sorti par sa braguette grande ouverte, une main vadrouillant dans le pyjama de l'enfant de dix ans. Se voyant pris en flagrant délit par son fils, il lâcha nerveusement :

— Bien quoi ? J'en profite pendant que ta mère est pas là. Y a rien là !

Jacques pouvait lire dans le regard sec et inhabité de sa petite sœur toute l'épouvante et l'impuissance que ressentait l'enfant sous l'emprise de son agresseur. La scène qui s'ensuivit se déroula sans que Jacques ne prononce un seul mot. Il s'avança d'à peine deux pas et referma l'étau redoutable de sa main droite sur la nuque de son père. Tel un aigle qui emprisonne sa proie dans ses serres, il le souleva du lit comme le sac d'ordures qu'il était. Son père émit un long hululement de panique et de douleur pendant que son fils de cent kilos le faisait déambuler vers le garage sans jamais lui faire toucher le sol. Sans desserrer son étreinte, il ouvrit la porte du garage de sa main gauche puis, entrant, souleva son père bien au-dessus de la voiture qui s'y trouvait. Par trois fois, il lui fracassa la tête sur le capot. La première fois, l'homme perdit connaissance et cracha plusieurs dents. La deuxième fois, ses jambes se mirent à battre l'air de façon spasmodique par simple réflexe du système nerveux involontaire. La troisième fois, on entendit un craquement sinistre et le corps emprisonné dans la poigne de fer ne devint plus qu'un tas de chiffon flasque et sanguinolent. Jacques ouvrit la portière de la voiture et installa derrière le volant ce qui, un jour, avait été son père. Puis, il alla retrouver sa petite sœur qui s'était réfugiée sous ses couvertures, son ourson sur le visage.

— Papa ne te fera plus jamais ça, « la petite ». Jacquot te le promet, dit Jacques Beaudouin en prenant sa petite sœur qui pleurait dans ses bras. Plus jamais, plus jamais, plus jamais…

Et ils demeurèrent ainsi enlacés comme des chatons blessés, longtemps après que l'enfant et le géant eurent finalement trouvé le sommeil.

Son courroux lui valut une peine de dix ans avec sursis pour meurtre non prémédité avec circonstances atténuantes. Bim était né.

Elvis avait repris ses sens et était affairé à se nettoyer le visage devant le lavabo des toilettes. Le sang avait eu le temps de sécher et une vaste ecchymose commençait à se former sous son oeil droit. Il pestait contre son compagnon, le traitant de traître et de malade mental. Qu'est-ce qui lui avait pris de le frapper comme ça ? Après tout, lui n'avait pensé qu'à avoir un peu de bon temps ! Ils le méritaient bien, après toutes ces années sans femmes ! C'est à ce moment que quelqu'un vint frapper à la porte du 317 des Appartements chez Lise. Elvis sortit en trombe des toilettes, une serviette sur le crâne. Les deux brutes échangèrent des regards inquiets. Absolument personne ne savait qu'ils créchaient là ! Bim regrettait de ne pas être armé. Il s'approcha de la porte, jeta un coup d'œil par le judas et reconnut Carlo, un gars qui avait passé quelques mois avec eux en prison. Il se tenait sur le seuil, calme et souriant, une grande caisse de bière à la main.

— C'est Carlo, dit Bim en se retournant vers Elvis. Il arrive avec de la bière !

— Carlo ? Le *wop* ? Bim hocha la tête. Ben laisse-le pas dehors, ciboire, qu'y rentre !

Et Bim ouvrit la porte, intrigué par cette présence inattendue.

— Salut, les gars, dit Carlo en entrant. Vous vous attendiez pas à me voir, hein ?

— Shit, répondit Elvis. C'est sûr que non, viarge ! Comment t'as fait pour nous trouver ?

— Ah ! C'est une longue histoire…

Il déposa sa caisse de bière sur la table.

— On va en prendre une p'tite pis j'vais vous raconter ça.

Bim trouvait la situation bizarre. Surtout que Carlo n'avait pas semblé remarquer la jeune fille qui était avec eux, assise sur le lit du fond. En ouvrant la caisse de bière, Carlo y pêcha un calibre .38 et abattit ses deux ex-compagnons de bagne à bout portant. L'arme, équipée d'un silencieux, ne fit que deux légers pouf. L'événement se déroula avec une telle vitesse et dans un tel calme qu'il fallut à Stéphanie une seconde ou deux pour réaliser ce qui venait vraiment de se passer.

— Ne me tuez pas ! hurla-t-elle, paniquée.

— J'suis pas assez fou pour ça, mamzelle, inquiète-toi pas. Prends tes affaires pis sacre ton camp. Y a un taxi qui t'attend dehors. Ah ! Pis appelle ton père avant d'arriver à la maison. Salut !

Carlo s'évanouit dans la nuit, laissant Stéphanie Grenier avec deux cadavres sur les bras. Tel qu'il l'avait dit, un taxi patientait dehors. Stéphanie s'y engouffra et attendit d'avoir atteint Sainte-Julie avant d'arrêter dans une cabine téléphonique pour appeler son père.

— Papa ? C'est moi. Tu es à la maison ?

— Non, j'arrive dans deux minutes. Alors, comment te traitent tes kidnappeurs ?

— Ils sont morts, papa…

— Bon… Je t'avais bien dit que tu coucherais à la maison ce soir. Tu vois ! Où es-tu en ce moment ?

— À la station-service près du boulevard.

— Respire un bon coup et reste là, j'arrive ! As-tu parlé à ta mère ?

— Pas encore, pourquoi ?

— Tant mieux. Je t'expliquerai tout ça tantôt. Ne lui téléphone pas, ça vaudra mieux.

— Papa, j'ai peur ! J'ai eu si peur !

— Je suis là maintenant. C'est fini, Fanny.

Et la BMW s'engagea dans l'entrée de la station-service.

3. GILLES SECOURS

*Il n'y a pas de hasard, parce que le hasard est la Providence
des imbéciles, et la Justice veut que les imbéciles
soient sans Providence.*

LÉON BLOY

APRÈS SON PETIT-DÉJEUNER, le Boss se fit remettre le journal du matin. À la page trois, on pouvait lire :

DOUBLE MEURTRE À LONGUEUIL

*Les agents du Service de police de la ville de Longueuil
ont découvert, tard hier soir, les cadavres de deux sympathisants des motards criminalisés, tués à bout portant par une
arme de calibre .38 dans une maison de chambre du chemin de
Chambly à Longueuil. Jacques Beaudouin, connu des milieux
criminels sous le pseudonyme de Bim, et Frank Scheffler, surnommé Elvis, jouissaient tous deux d'une libération conditionnelle depuis quelques jours. Bien que le motif du double meurtre
ne soit pas encore connu, tout laisse croire qu'il serait relié à
l'attentat à la bombe qui a complètement ravagé le San Juan,
quelques heures plus tôt. L'une des deux victimes portait des
traces évidentes de lutte et on peut supposer qu'un troisième
complice aurait pu commettre ce crime crapuleux, après une*

violente dispute, avant de prendre la fuite. À part une caisse de bière vide et les douilles des deux balles qui ont mis fin à la vie de Beaudouin et de Scheffler, rien dans l'appartement de Longueuil n'a permis aux enquêteurs d'identifier le meurtrier. Les voisins n'ont rien signalé de suspect non plus. Toute personne qui aurait des informations à fournir sur ce double homicide est priée de contacter le Service de police dans les plus brefs délais. (Voir « Le San Juan sous les feux de l'enfer » en pages 2, 34, 35, 36)

Le Boss ferma le journal et l'envoya voler dans les airs en direction de sa poubelle. Les pages virevoltèrent un peu partout dans sa cellule avant de s'éparpiller sur le sol usé par tant de pas inutiles. *N'importe quoi !* se dit-il. *C'est n'importe quoi ! Ils devraient fermer leurs grandes gueules au lieu d'écrire des imbécillités.* Question de se détendre, il ouvrit sa télévision pour regarder une émission de jeu-questionnaire, comme il le faisait chaque matin à neuf heures. L'émission, qui ne durait qu'une heure, avait un déroulement fort simple. On posait des questions à tour de rôle à trois participants, ceux-ci pouvaient choisir la catégorie dans laquelle était classée la question, et c'est le concurrent qui répondait correctement au plus grand nombre de questions qui remportait la partie. Une bonne réponse équivalait à un point et à cinquante dollars, une mauvaise réponse faisait perdre un point et cinquante dollars, alors qu'une abstention évitait au concurrent de risquer une mauvaise réponse, mais pouvait aussi donner l'avance aux autres participants. En prison, on regarde beaucoup la télé. D'ailleurs, il n'y a pas grand-chose d'autre à faire. Ce quiz captivait complètement le Boss. Au début, il ne s'y était attardé que pour tromper son ennui, puis il s'était pris au jeu lorsqu'il avait constaté que le gagnant de la semaine détenait son titre depuis dix semaines consécutives. Pour le Boss, qui avait peu fréquenté l'école, ce concurrent, un roux barbu à l'allure de gringalet à lunettes, était devenu un véritable objet de fascination. Sa façon de s'exprimer, lentement, dans un français impeccable mais ampoulé et parfois parsemé d'expressions d'argot, en faisait, aux yeux du Boss, une icône énigmatique de la connaissance. Et pour cause ! À raison de vingt questions par jour, il avait réussi à répondre à mille questions sans jamais commettre une erreur. Depuis sa rencontre télévisuelle avec ce *nerd*, le Boss n'avait raté aucune émission et démontrait une très grande irritation si on le dérangeait pendant sa diffusion. Il avait fini par s'identifier à ce Gilles Secours qui n'en finissait plus de gagner et, chaque fois qu'il hésitait avant de donner une réponse, le cœur du Boss se serrait, craignant de voir son champion connaître finalement la défaite. Mais, ce matin-là encore, Gilles Secours affichait le spectacle de son étonnante érudition :

— Monsieur Secours, votre catégorie ? demanda l'animateur.

— Cinéma international, s'il vous plaît ?

— Très bien. Où est né le célèbre comédien Louis de Funès ? Vous avez dix secon…

— À Courbevoie, en France, en 1914.

— C'est juste. Bravo encore. Et en plus, l'année est exacte.

— Prochaine catégorie ?

— Histoire des religions.

— Allons-y. Quel était le nom de baptême du pape Paul V ? Toujours dix secondes. 10-9-8-7-6-5-4-3-2…

— Camillo Borghese ! Et il poursuivit en riant : Mais ne me demandez pas le lieu de sa naissance, car là-dessus, les historiens ne s'entendent pas.

— Monsieur Secours, comme à l'habitude, c'est une bonne réponse.

Secours laissait ensuite les autres concurrents se dépêtrer dans leurs réponses et attendait impassiblement que ce soit à nouveau son tour. Parfois, lorsqu'un participant choisissait de s'abstenir, Gilles Secours fournissait la réponse à l'unisson avec l'animateur. S'il n'avait eu cette allure d'adolescent perdu dans le monde des adultes, l'attitude du concurrent Secours aurait facilement pu passer pour du mépris ou de la prétention. Mais ce n'était pas le cas. Gilles Secours travaillait indubitablement et on pouvait voir dans son regard des regrets véritables lorsqu'un adversaire répondait de travers.

C'était à nouveau à l'encyclopédie vivante d'être interrogée.

— Catégorie, monsieur Secours ?

— Cette fois-ci, allons-y pour Science et Médecine.

— Va pour Science et Médecine. À qui a-t-on attribué le prix Nobel de médecine en 1921 ? 10-9-8-7-6-5…

— Ah ! Vous avez failli m'avoir. À personne ! Le prix Nobel de médecine de 1921 n'a pas été attribué, déclara Secours en riant de bon cœur.

— Encore bravo, cher monsieur. Le public reconnaîtra avec moi que vous êtes un concurrent peu banal.

— Vous êtes trop aimable. Mais je dois vous avouer que je m'amuse beaucoup avec vous.

— Prêt pour la dernière question de la journée ? Je vous rappelle que si vous y répondez correctement vous aurez, encore une fois, réussi une partie parfaite !

— Alors, allons-y pour la catégorie Mots d'esprit et Citations célèbres.

— D'accord. Alors, pour une autre journée de mille dollars, qui a dit : « L'Homme est un singe avec des clefs de char » ? 10-9…

— Charles Patenaude ! Personnage fictif et capitaine du vaisseau spatial canadien *Romano Fafard* ! Ce disant, Gilles Secours se permit une petite galipette, signifiant sa joie d'avoir encore réussi un tour de force.

— C'est encore exact. Bravo, monsieur Secours. Bravo. Comme vous le savez, notre règlement prévoit qu'un même concurrent ne peut participer à plus de vingt semaines d'émission. Vous en êtes maintenant à votre dix-septième semaine de jeu sans erreur et vous avez amassé une cagnotte qui atteindra bientôt les cent soixante-dix mille dollars ! Comment faites-vous pour emmagasiner un tel amas de connaissances ? Vous devez avoir une mémoire fabuleuse ?

— Je dois vous avouer que la mémoire y compte pour très peu. En fait, il s'agit de connaître un certain nombre de sujets de culture générale et de savoir, ensuite, faire des corrélations ou des déductions entre ces éléments.

— Si ce que vous dites est vrai, vous auriez fait un fichu bon limier.

— Sans doute, sans doute. Mais ça n'aurait jamais été aussi amusant.

— Bon. C'est déjà le temps de se dire au revoir, revenez-nous demain pour un autre « mille dollars par jour » !

Et l'émission se termina sur un gros plan de Gilles Secours serrant la main d'un autre concurrent. Le Boss attendit que l'image de son idole ait complètement disparu de l'écran avant de fermer son téléviseur.

Puis, ce fut la promenade matinale. Contrairement à son habitude, et malgré le froid mordant du matin, le Boss accepta de bon cœur de se plier à cette routine. Rendu à l'extérieur, il fit quelques pas pour finalement déambuler en compagnie de l'aumônier de la prison. Celui-ci était toujours de la marche du matin et c'est souvent lors de ces brèves rencontres qu'il tentait de convertir les âmes perdues. Il fut tout de même un peu surpris de voir le Boss se joindre à lui de son plein gré.

— *Padre*, je peux vous parler une minute ?

Bien que celui qui posa cette question fût, de loin, le personnage le plus respecté de la prison, il s'adressait au religieux avec déférence comme tout un chacun en ces murs. Après tout, le *padre* risquait d'être, un jour, la dernière personne qu'un prisonnier verrait s'il devait quitter cet endroit autrement que par la porte avant du pénitencier.

— Bien sûr, Marcel, je suis toujours disponible pour vous, comme pour tout le monde ici.

Personne, à part l'aumônier, n'osait appeler le Boss par son prénom. Même les gardiens ne s'y risquaient pas. C'eût été un manque de respect qui aurait coûté cher à quiconque s'y serait risqué. Mais devant Dieu, tous sont égaux, même le Boss. Celui-ci enfonça sa tuque sur ses oreilles et fourra ses mains dans les poches de son parka. La discussion allait être longue, se dit le *padre*.

— Hier soir tard, commença Marcel, j'ai eu un songe.

— Un songe ? Quel genre de songe ?

— Eh bien, c'est comme si un grand ange blond était apparu dans ma cellule. Moi, je ne le connaissais pas, mais lui, par contre, semblait bien me connaître.

L'aumônier saisit tout de suite l'allusion à la visite de la veille. Les nouvelles vont vite dans le microcosme qu'est une prison.

— Poursuivez, mon fils, je vous écoute.

— Cet ange blond me demandait de punir deux petits démons et pour me montrer sa puissance, il fit tomber le feu du ciel sur un temple du péché.

— Je vois. Et qu'avez-vous fait dans votre songe, mon enfant ?

— Oh ! Mais j'ai obéi, bien sûr. Ce n'est pas tous les jours qu'un ange avec une telle puissance débarque dans ma cellule sans que je sache d'où il vient.

Le prêtre commençait à trouver ce simulacre de confession assez pernicieux, mais continua malgré tout à se prêter au jeu du prisonnier.

— Après coup, j'ai eu un doute, mon père. Comme cet ange a fait payer plusieurs innocents pour que je sois convaincu de ses capacités, je me demande s'il s'agit d'un ange du Ciel ou de l'Enfer ?

— S'il s'agit d'un ange de l'Enfer, mon cher Marcel, vous devriez le savoir bien plus que moi. Pour ce qui est de savoir si c'est un ange du Ciel, en ce moment je n'en ai aucune idée. Je vais devoir prier là-dessus avant d'être en mesure de vous donner ma réponse. Je vous invite à faire de même. Priez pour qu'on vous éclaire et revenez me voir à l'heure du déjeuner.

L'aumônier allait donc servir d'informateur au Boss. De petits échanges de services entre personnages charismatiques étaient parfois nécessaires pour maintenir l'équilibre dans la volatilité du monde carcéral.

Marcel n'eut pas à attendre jusqu'au repas pour recevoir sa réponse. Un gardien vint lui porter, vers onze heures trente, un petit dépliant religieux de la part du *padre*. Il était intitulé : les voix du seigneur sont parfois impénétrables. Le Boss avait sa réponse. Cette missive codée signifiait que même le directeur de la prison ne savait pas qui était le grand blond. Les ordres pour le laisser entrer dans le pénitencier et dans sa cellule étaient venus de plus haut que lui. Sans doute n'en avait-il été informé qu'au matin en entrant au bureau. Le *padre*, de son côté, avait préféré demeurer discret dans ses rapports avec le Boss et lui avait fait parvenir sa réponse à travers ce tract anodin. À quoi bon s'exposer inutilement et risquer d'éveiller des soupçons quant à son rôle d'informateur !

Celui qui venait de recevoir ce message était songeur. Mais qui donc pouvait être ce type qui entrait dans une prison comme dans un moulin, se permettait de le menacer sans chercher à cacher son identité et qui de surcroît faisait exploser un bar de danseuses comme on allume un barbecue, le tout en moins de trois heures ? Pour un homme habitué à la monotonie de la vie carcérale, ce puzzle prenait des allures de divertissement et il piaffait d'impatience de voir la suite des événements. C'était à son tour d'avoir son quiz.

Comme de coutume, son avocat fit irruption dans sa cellule à treize heures dix, sa mallette en cuir de serpent à la main, escorté d'un gardien. Sa calvitie gagnait du terrain sur son crâne ovoïde et sa taille en forme de quille lui donnait une démarche vaguement efféminée. Lippu et presque imberbe, cet homme était un puant. Il puait l'argent, cette maîtresse infidèle qui n'a pas d'odeur. Il avait amassé sa fortune en étant un maître incontestable de la corruption et du chantage. Immonde personnage, durant toutes ces années il avait dû acheter ses femmes, ses amis et ses collègues. Même son chat, un siamois irascible, avait déserté son appartement, incapable de supporter son maître. Comme seul contact avec le monde extérieur, on aurait facilement pu trouver personnage plus sympathique.

— Salut, Boss. J'ai su pour hier soir, commença Maître Laferrière dès que le gardien eut quitté les lieux. Il s'agit de Vincent Grenier. C'est un ingénieur de la Rive-Sud qui vient de remporter le gros lot à la 6/49. Si tu veux, je le fais descendre tout de suite…

— Maudit cave! s'exclama son client. Parfois je me demande pourquoi je te garde comme avocat. C'est à croire que toutes les lois que tu as dans la tête ont mis dehors ton imagination. Pense juste un peu, s'il te plaît! Si ce… Grenier est venu me voir sans chercher à se cacher, c'est sûrement qu'il se sait protégé. Mais par qui? Comment il savait que les gars qui ont enlevé sa fille étaient de notre bord? Comment il a fait pour faire sauter le San Juan sans que personne le remarque? Est-ce qu'il a fait le coup lui-même ou s'il a commandé l'attentat à quelqu'un d'autre? Pourquoi a-t-il choisi de faire sauter un bar qui n'est pas à nous, mais à l'autre gang? Est-ce qu'il le savait? Ce gars-là était trop sûr de lui quand il est venu me voir. Même le directeur ici n'était pas au courant. Alors, tout ça ne tient pas debout deux minutes, *Maître*, dit-il sur un ton des plus méprisants pour la profession de son défenseur. Alors, au lieu de toujours vouloir descendre tout le monde, tu devrais faire marcher tes méninges et tes « supposés » contacts pour me faire savoir d'où vient ce Grenier qui passe à travers les murs et pose des bombes dans le cul des petites danseuses. OK?

Bien que Maître Laferrière portât un complet ardoise signé *Armani*, il se sentait comme un gamin en culottes courtes pris la main dans un pot de bonbons. Le Boss avait toujours la façon pour le dénigrer et le faire sentir ridicule. Quand il était encore un homme libre, il ne manquait jamais une occasion de se payer sa tête, surtout s'ils étaient en public. Grégory Laferrière détestait profondément son client, mais s'il ne pouvait le supporter, il ne pouvait pas plus s'en passer. Comme Maître Laferrière était au courant de toutes les activités du Boss depuis de nombreuses années, ils étaient maintenant liés jusqu'à ce que la mort les sépare. Malheureusement pour Laferrière, la peine de mort avait été abolie depuis longtemps au Canada.

4. MARIE-BELLE DAVIS

Existe-t-il au monde un privilège plus totalement
exorbitant que la beauté ?

Pierre Desproges

Ardavast Menchourian sortit de l'agence le cœur
léger. Du trottoir, il héla un taxi en prenant soin de se choisir un chauffeur noir. Un taxi sans chauffeur noir, ce n'était
pas vraiment un taxi. Il indiqua au chauffeur de le conduire
au casino avec prudence et se mit à fredonner une ancienne
marche militaire. Sa croisade allait commencer.

Du pont de la Concorde, Menchourian aperçut le bâtiment qui abritait le casino. Encore une fois, il ne put s'empêcher de constater la ressemblance horrible de ce complexe
enluminé avec la machine des jeux de A. E. Van Vogt dans
son roman *Le monde des non-A*. Le taxi le déposa devant
l'entrée principale où il fut accueilli dès son arrivée par un
portier enthousiaste. Mais Ardavast Menchourian avait
déjà perdu sa bonne humeur.

— Monsieur Menchourian ! Quel plaisir de vous revoir !
Puis-je prendre votre manteau ? Votre trousse vous attend
au deuxième.

— Merci, Norbert. Vous avez l'air en pleine forme. Vos enfants sont bien ?

Sans attendre la réponse de Norbert, l'accordeur de piano se dirigea d'un pas pesant vers la besogne qui l'attendait au second niveau. Pour ce faire, il dut traverser la salle des machines à sous et constata, bien malgré lui, pour la énième fois, l'ampleur du mal. Des centaines de dos anonymes se livraient à un rituel solitaire sans jamais sembler y prendre un quelconque plaisir. Si les propriétaires de ces visages tendus s'adonnaient à un jeu, c'était sûrement le jeu le moins amusant qu'il ait eu l'occasion d'observer dans toute son existence. *Un piège à cons*, murmura-t-il pour lui-même. *Un salaud de piège à cons.* Au haut de l'escalier mécanique, un autre boy en livrée l'attendait, une petite mallette de métal noire à la main.

— Bonjour, monsieur, lui dit-il en lui remettant sa mallette. Je vous sers quelque chose ?

— Oui, bien sûr, répondit Menchourian dans un soupir. Donnez-moi un pastis très allongé. J'en ai pour pas mal longtemps. Et, en passant, faites donc ajuster l'horloge qui se trouve dans l'entrée, elle a de l'avance.

Saisissant la petite valise noire, il se dirigea, toujours d'un pas pesant, vers le fond de la grande salle où trônait un immense Baldwin tout près de la table de roulette. Il fixa le croupier et dès que celui-ci l'aperçut, Ardavast Menchourian lui donna ses instructions, simplement en baissant les yeux sur la table de roulette.

— Dernier tour de jeu, messieurs, dames. Cette salle ferme dans cinq minutes !

Les joueurs, un peu surpris par cette annonce inattendue, jetèrent leurs derniers paris et quittèrent la salle en maugréant.

— Désolé de ce contretemps, mais nous devons isoler cette salle pour permettre à ce monsieur d'accorder le magnifique piano que vous voyez ici. Soyez assurés que nous ferons tout ce qui est en notre possible pour vous accommoder dans les salles attenantes.

Dès que les derniers clients furent sortis, le croupier isola la salle de roulette en refermant une cloison amovible et quitta la pièce à son tour. Menchourian déposa sa trousse sur la table au tapis vert et respira profondément.

— Bon ! À nous deux, ma belle !

— C'est à moi que vous parlez ainsi ?

La voix qui avait posé cette question était venue de derrière lui. Mais il n'avait pas besoin de se retourner pour en connaître la propriétaire. Marie-Belle Davis se tenait là, resplendissante, son verre de pastis à la main.

— Un pastis très allongé, comme vous l'avez demandé.

— Vous jouez les serveuses maintenant, ma chère Marie ?

— Seulement pour les vieux amis. Comment allez-vous ? lui dit-elle en l'embrassant chaleureusement sur les deux joues avant de poser le verre sur la table de jeu.

— Le simple fait de vous voir est un ravissement pour mon âme, déclara Menchourian en prenant les deux mains de la gracieuse créature qui le fixait tendrement. Laissez-moi vous regarder d'un peu plus loin pour éviter à mon cœur des soubresauts inutiles. Vous êtes encore la plus délectable de toutes les femmes que Dieu ait mises sur cette terre.

— Et vous, le plus flatteur de tous les hommes. Vous êtes ici pour la table ?

— Et le piano. L'un ne va pas sans l'autre. D'ailleurs, il serait préférable que je me mette à l'ouvrage immédiatement, ajouta-t-il dans un rire sardonique. Ces pauvres gens ont hâte de pouvoir continuer à y laisser leurs dollars. Il enfila une longue gorgée de son pastis.

— Alors, je reste là sans dire un mot, si vous le permettez.

— À votre guise. Tant qu'à y être, vous me serez utile.

Ardavast Menchourian défit un des panneaux latéraux qui lui donnait accès au mécanisme de la roulette et s'engouffra sous la table. Le dispositif était à la fois fort simple et ingénieux. Quatre gyroscopes étaient raccordés au système de balancier de la roulette. Il s'agissait de savoir placer ces pièces à des endroits précis du mécanisme pour qu'elles réagissent à certaines vibrations et créent un léger effet de débalancement. L'ajustement de la roulette nécessitait un silence relatif, car il fallait que l'oscillation des quatre gyroscopes arrive à créer une harmonique parfaite. La vitesse de rotation choisie déterminait la fréquence de réaction. Ensuite, il ne restait plus qu'à décider de façon aléatoire quel chiffre serait le gagnant en fonction de l'alignement et d'une gamme choisie. L'accordeur de roulette opta pour le mi bémol majeur, qu'il relia au chiffre quatre. Dès lors, il suffisait d'attendre que le pianiste joue une pièce en mi bémol majeur pour que la roulette s'arrête infailliblement sur le quatre. C'était un vieux truc qui datait de l'époque des passages secrets dans les monastères, qui ne s'ouvraient que lorsqu'on jouait une pièce d'orgue spécifique. Ancestral, mais indétectable avec un ordinateur ou une sonde. Pas d'aimant, pas de boule truquée, pas d'électricité. Menchourian sifflait un long mi bémol et ajustait chaque gyroscope jusqu'à ce qu'il obtienne une harmonique parfaite. Toujours sous la table, il demanda à Marie-Belle Davis de bien vouloir faire tourner la roulette et d'y lancer la bille lorsqu'il commencerait à siffler.

— Quatre! dit joyeusement la femme au corps de déesse dont Ardavast Menchourian ne voyait que les jambes suaves et élancées.

— Parfait, répondit l'accordeur en se relevant lentement de sous la table. Il reprit son verre et le termina cul sec. Maintenant, ce n'est pas tout, il faut aussi accorder ce foutu Baldwin.

C'est ainsi que la direction du casino pouvait décider de récolter son butin quand dame chance devenait trop fidèle avec un joueur. De cette même façon, on pouvait faire en sorte qu'un joueur qui méritait rétribution empoche légalement des sommes importantes dont il n'aurait aucun mal à déterminer la provenance pour l'impôt ou le vérificateur général. C'était sûr, réglementaire et propre. Bref, la roulette faisait partie d'un système de blanchiment d'argent des plus sophistiqués. Menchourian avait d'abord œuvré pour les patrons du crime organisé puis avait tout simplement changé d'employeur lorsque le jeu avait changé de maître. Autrefois, il était un collaborateur du crime. Maintenant, il était devenu un fonctionnaire qui recevait le meilleur salaire au pays à titre d'accordeur de piano. Sauf que ce salaire, il n'en voyait jamais la couleur. Il était directement versé dans un compte à l'étranger auquel il ne touchait jamais.

❧

Marcel était allé à cette noce un peu à reculons. C'était le fils d'un de ses proches collaborateurs qui se mariait et ne pas avoir fait acte de présence aurait été perçu comme un manque d'égards. Être le Boss comportait son lot de mondanités dont il se serait facilement passé. Assis à l'avant près de la table d'honneur, Marcel souriait quand il le fallait et serrait les mains qu'on lui tendait. Enveloppé dans un mat nuage de fumée et d'indifférence, son esprit voguait au travers du bourdonnement de la fête. C'est alors qu'il vit apparaître sur la scène l'incarnation de la beauté faite femme. Debout devant les musiciens, elle s'était avancée au micro pour chanter. L'éclairage de scène à travers ses cheveux blonds bouclés lui sculptait une auréole surnaturelle. Sa bouche parfaite et délicate avait l'aspect d'un fruit mûr qui demande à être dévoré. Le grain soyeux de sa peau, ses frêles épaules parsemées de taches de rousseur et sa poitrine offerte qui dansait au rythme de son souffle paralysaient Marcel de désir. Ses sens, saturés de sensations exaltantes, lui faisaient faux bond. Il la voyait bien chanter, mais pourtant, il ne l'entendait pas. Malgré ses efforts pour reprendre contact avec la réalité, il n'arrivait qu'à mieux discerner encore son image sans arriver à entendre sa voix. Il pouvait maintenant percevoir le parfum subtil émanant de la peau de celle qui chantait dans un silence onirique à plus de dix mètres de lui et il s'émerveillait du doux reflet azuré de son regard posé sur lui. Posé sur lui. La chanteuse le regardait, ne chantait que pour lui, n'était belle que pour lui.

Le charme fut rompu par une salve d'applaudissements qui marqua la fin de la chanson et qui fit sursauter Marcel. Remerciant les musiciens, la belle descendit de scène et se dirigea directement vers la table du Boss. Arrivée tout près de lui, elle tendit une main fine et distinguée :

— Bonsoir, je suis Marie-Belle Davis.

Elle avait prononcé son nom à la française en ouvrant le *A* et en insistant sur le *S*. Elle parlait d'une voix chantante avec le léger accent pointu qu'ont les jeunes filles qui sont allées dans les écoles de bonne famille.

— Bonsoir, répondit faiblement Marcel. Je suis…

— Je sais très bien qui vous êtes, l'interrompit-elle. J'ai une faveur à vous demander.

— Avec plaisir. De quoi s'agit-il ?

Marie-Belle Davis regarda Marcel gravement. Puis, rougissant comme une couventine, elle osa bredouiller :

— Voulez-vous m'épouser ?

Marcel n'aurait pas été plus surpris si cette beauté angélique lui avait avoué être sa grand-mère.

— Pardon ?

— Je vous demande si vous voulez que je devienne votre femme, votre épouse. Je veux me marier avec vous, insista-t-elle sur le ton d'une petite fille qui répète inlassablement la même question à une mère hésitante.

— Oui… Bien sûr. Avec joie, répondit Marcel, dominé par l'absurde de la situation. De toute façon, qu'avait-il à répondre d'autre ?

Et c'est ainsi que Marie-Belle Davis devint la seule et unique femme du Boss jusqu'à ce qu'il soit arrêté et emprisonné un an plus tard. Malgré les vingt années qui les séparaient, ils vécurent une union harmonieuse qui rendait le Boss plus conciliant, plus sage. Marie-Belle, qu'il surnommait Toute-Belle, était, sans nul doute, ce qui était arrivé de mieux à Marcel dans toute sa vie.

5. L'INVESTIGATEUR

En général, les biens provenant du hasard
sont ceux qui provoquent l'envie.

Aristote

LE CELLULAIRE DE VINCENT GRENIER émit une sonnerie très spécifique. Ce n'était pas la sonnerie habituelle de son téléphone, mais bien celle qui indiquait qu'on tentait de le rejoindre sur sa ligne « privée ». Il composa le code à quatre chiffres qui permettait de répondre à cette ligne spéciale et émit un simple « Oui ? ».

Celui qui lui téléphonait était visiblement très, très en colère.

— Non, mais pour qui tu te prends, Grenier, t'es devenu fou ou quoi ?

— Salut, monsieur le serviteur du public, répondit-il sur un ton froid et narquois.

— Écoute, t'es plus en Amérique du Sud ou en Afrique ici, ostie... On fait pas sauter un bar comme ça, juste pour montrer qu'on est un p'tit comique...

— J'ai fait ce que j'avais à faire.

— T'avais rien à faire du tout, on t'avait dit qu'on te protégerait. T'aurais jamais dû faire ça, tu vas tous nous mettre dans la marde.

— Pour me protéger, on peut dire que vous êtes des pros ! Quarante-huit heures après l'article, je me fais enlever ma fille ! Une chance que tu me protégeais, sinon ç'aurait été quoi ? Ton idée du journal, c'était vraiment pas génial.

— On avait pas le choix. Tu peux pas laisser débarquer un gars avec trois millions de dollars sans donner le change. Les journalistes auraient un jour fini par se demander d'où tu sortais. Avec le truc de la loterie, on te sortait avant qu'ils te trouvent et ta fortune devenait légale. Tu voulais rentrer, prendre ta retraite ? C'est fait. Pour la puce, je suis désolé, on pouvait pas prévoir.

— As-tu autre chose à me dire ?

— Oui, christ ! Tiens-toi tranquille ! Pour le San Juan on va s'arranger, mais pour le Boss, je peux rien faire. T'as voulu te mettre les pieds là-dedans au lieu de nous avertir tout de suite, alors organise-toi !

Grenier referma son téléphone et eut une remarque à haute voix, pour lui-même : « Comme si c'était nouveau ! »

❧

Le Boss, assis sur le lit de sa cellule, ne trouvait pas le sommeil. Son quiz personnel le tenait éveillé. Il y avait longtemps que sa matière grise n'avait pas été sollicitée de la sorte. Il lui fallait un enquêteur. Un homme qui saurait trouver qui était Vincent Grenier et d'où lui venaient son arrogance et son impunité. Il ne voyait personne, parmi ses gars, qui soit capable d'une telle investigation. Son avocat n'avait trouvé que des peccadilles, de la brume, du vent. Il s'était si long-temps entouré d'anonymat qu'il savait pertinemment que les réponses qu'il avait obtenues n'étaient que de la poudre aux yeux : *un ingénieur électrique qui voyageait beaucoup pour le compte de National-Hydro et qui avait soudainement raflé le gros lot à la loterie, ce qui lui avait permis d'acheter tout le monde pour arriver à lui.* Impossible, des histoires bonnes pour les crétins de journalistes ! Il y avait sûrement autre chose. Il le fallait. Pour arriver à lui, dans sa prison, comme il l'avait fait, il fallait, au moins, être branché avec le bureau du ministre de la Justice ou être un magicien qui se rend invisible et passe à travers les murs. Renoncer eût été une insulte à son intelligence et manquer une chance unique de beaucoup s'amuser.

Laferrière avait suggéré d'embaucher, sous la couver-ture, un des meilleurs enquêteurs de la Sûreté du Québec, un véritable génie. Mais Marcel n'avait pas confiance en quelqu'un qui se laissait acheter. Il lui fallait un pur, quelqu'un qui accepterait l'enquête pour le plaisir de la chose, pas seulement pour l'argent. Il fallait aussi dénicher un gars qui n'aurait pas peur de lui, ce qui éliminait tous les membres de son groupe. Depuis qu'il était « en dedans », on lui avait créé un personnage qui le rendait encore plus terrible que lorsqu'il était libre. Les gens ont toujours plus peur des fantômes que des vivants. *Cherche, Marcel, cherche!* se dit-il en passant la main sur ses cheveux en brosse. Qu'est-ce qu'il a dit, mon champion, à la télé? « Il s'agit de connaître un certain nombre de sujets de culture générale et de savoir, ensuite, faire des corrélations ou des déductions entre ces éléments. » Faire des corrélations et des déductions… ? Bien sûr !

Et Marcel Ryan s'endormit finalement, fier de lui, un mince sourire aux lèvres.

Le lendemain, à treize heures dix, Maître Laferrière fit son entrée habituelle. Le Boss était pimpant et tout sourire. L'avocat posa sa mallette sur la table et lança :

— Bonne journée, Boss? Vous avez l'air de très bonne humeur !

— *You bet,* mon homme ! Je pense que j'ai trouvé mon enquêteur.

Laferrière attendit la suite. Ce n'était pas le moment de dire quoi que ce soit qui aurait pu changer les prédispositions de son unique client.

— Tu vas me trouver Gilles Secours, le gars du jeu télévisé. Il termine sa série d'émissions dans moins d'un mois. Après ça, nous aurons à notre disposition un petit génie, riche et libre comme l'air.

— Et je lui propose de travailler pour nous? de trouver le secret de Grenier?

— Non, pas toi. Toi, tu te contentes de le trouver. Si tu allais le voir, la police me soupçonnerait tout de suite de trafiquer quelque chose. Quand tu l'auras trouvé, envoie Toute-Belle, elle saura quoi faire.

L'avocat se dit en son for intérieur que son patron avait ramolli du cerveau à force d'être en prison et que son jugement était faussé par son admiration maniaque pour ce crack du jeu-questionnaire. Mais à quoi bon s'objecter, tant que son chèque continuait à parvenir dans son compte de banque ?

❧

Marie-Belle Davis et Grégory Laferrière s'étaient donné rendez-vous à La Petite Marche, un restaurant à la mode de la rue Saint-Denis situé juste en face de l'École nationale de théâtre. Avec ses airs de star, Marie-Belle était tout à sa place dans ce lieu rempli de jeunes premières aux allures excentriques. Pour sa part, Maître Laferrière y détonnait autant qu'un lutteur Sumo parmi les ballerines. Mais il en avait l'habitude. Laferrière n'était à sa place nulle part. Sauf à la cour, où il brillait dans toute sa splendeur. La toge de plaideur était le seul vêtement qui lui allait à merveille. Contre toute attente, Marie-Belle était une des seules personnes qui aimaient bien le juriste. Elle lui trouvait un côté sympathique à travers tous les efforts qu'il déployait pour cacher son mal de vivre. Car, au fond de lui-même, Grégory Laferrière souffrait profondément de la solitude et Marie-Belle le savait. Ils avaient même développé une complicité autour de ce sujet et Toute-Belle était devenue, au fil du temps, la confidente et la conseillère de l'avocat de son mari pour tout ce qui touchait ses rapports avec le genre humain. Laferrière vouait une admiration déférente à cette femme trop belle pour être conquise et trop sincère pour être abusée. De plus, il aurait renoncé cent fois à sa fortune plutôt que d'être privé de cette amitié dont il se jugeait indigne et qui le laissait toujours perplexe. Un être humain pouvait-il n'être que bonté et bienveillance ?

Après avoir reçu les détails de la mission que lui confiait son mari, Marie-Belle sortit un bouquin de son sac qu'elle tendit à l'avocat. Sur la couverture, on pouvait lire : *Parlez-moi d'amour vrai : se libérer de la dépendance affective.*

— Tiens, Greg, je t'ai acheté un petit quelque chose. C'est écrit par Marie-Lise Labonté, une fille d'ici tout à fait charmante. Je crois que tu vas beaucoup apprécier. D'ailleurs, tu en as grandement besoin.

Laferrière reçut ce cadeau avec plaisir, mais sans gêne. Ce n'était pas la première fois qu'elle lui faisait des suggestions de ce genre. En fait, l'homme de loi était devenu, au cours des ans, un véritable accro à la psychopop et il dévorait ce type de lecture à raison de plus d'un livre par semaine, espérant y trouver la solution à son incapacité chronique d'entrer en relation. Il aimait autant se plonger dans ces ouvrages que d'en discuter avec son amie, qui pouvait l'écouter durant de longues soirées sans chercher à le juger ou à lui faire la morale. La belle et la bête. Drôle de paire.

Gilles Secours vivait dans un appartement de quatre pièces situé sur la rue Aird, dans l'est de Montréal. Ce logis tout en long n'avait des fenêtres qu'à l'avant et à l'arrière, soit dans la cuisine et le faux salon double qui lui servait de chambre à coucher. On accédait à ce deuxième étage d'un duplex grâce à un escalier de fer bruyant qui permettait aux locataires de savoir immédiatement qu'un visiteur arrivait. Il aurait fallu être complètement sourd pour s'y faire prendre à l'improviste. C'était le meilleur des systèmes d'alarme et le moins coûteux. À condition de n'avoir rien à se faire voler, mais, surtout, pour éviter les arrivées impromptues. L'appartement en question était trop meublé et mal chauffé. Il était, par contre, tapissé d'ordinateurs, de gadgets électroniques et d'écrans de télévision. On comptait six écrans, seulement dans la cuisine. Les trois téléviseurs diffusaient simultanément trois chaînes d'information différentes, ce qui créait un malstrom sonore perpétuel, un portable donnait accès à un fil de presse et Secours était assis devant un ordinateur à deux écrans qui faisait à la fois office de serveur et de poste de travail. Le reste des espaces plats disponibles, comptoirs, chaises, tables, et même le plancher, étaient recouverts d'une multitude de colis dont la majorité n'avaient pas encore été ouverts, de boîtes de pizza, de cartons de chinois et de vaisselle sale. Les murs étaient tapissés de coupures de journaux et de notes manuscrites écrites sur des feuilles d'imprimante, sur de vieilles enveloppes parfois non décachetées et même sur des essuie-tout. La notion même d'ordre avait fui les lieux depuis belle lurette.

L'escalier métallique se mit à chanter et Gilles Secours étira le cou pour observer qui pouvait bien venir déranger sa quiétude matinale. Il émit un sifflement sonore. La femme qui montait l'escalier n'avait rien de banal. Manipulant son ordinateur, il prit trois clichés de celle qui montait et déverrouilla la serrure électronique de la porte. Entre le moment où elle gravit l'escalier et celui où elle s'apprêtait à frapper à la porte, Gilles Secours avait eu le temps d'agrandir les photos prises et de les examiner à loisir pour déterminer qui était cette femme à l'allure de star qui venait à sa rencontre. Avant même que son petit poing ne heurte le panneau de la porte, Secours cria : « C'EST OUVERT, ENTREZ ! JE SUIS À L'ARRIÈRE, DANS LA CUISINE ! » Marie-Belle s'exécuta et constata que l'appartement étroit qu'elle franchissait avait déjà été un lieu fort agréable. Les planchers de lattes d'érable étaient maintenant usés et dévernis et les moulures du plafond trahissaient un souci architectural passé, mais non moins réel. Ses talons, qui claquaient sur le plancher, indiquèrent à Secours l'évolution de sa visiteuse dans l'appartement. Tac tac tac... Une pause. Elle regarde ma chambre à coucher. Tac tac tac tac... Une courte pause. Regard furtif à la salle de bain. Tac tac tac et tac... Elle lève les sourcils en regardant la « chambre d'amis ». Encore trois pas et elle sera là. Tac tac tac...

— Quel journal ? demanda-t-il à Marie-Belle dès qu'elle fut dans son champ de vision. Le brouhaha des télés rendait la conversation difficile.

— Pardon ? Marie-Belle s'était arrêtée, interdite.

— Je vous demande pour quel journal vous travaillez. Avec des fringues comme les vôtres, vous n'êtes sûrement pas de la police. Alors, vous devez être journaliste, non ?

Marie-Belle avait retrouvé sa contenance et dévisageait son interlocuteur avec amusement. Jamais elle ne s'était vue dans la peau d'une journaliste. Elle s'avança suffisamment pour le rejoindre et tendit sa main aristocratique.

— Je suis Marie-Belle Davis et je ne suis pas journaliste du tout, lui dit-elle en lui serrant la main. Pourriez-vous baisser le son, s'il vous plaît ?

— Vraiment ? Vous vous appelez vraiment Marie-Belle ? répondit-il dans un silence soudain qui semblait laisser un immense vide après qu'il eut fermé d'un coup de télécommande les trois téléviseurs.

Celle-ci se contenta de hocher la tête.

— Eh bien, dites donc ! il y a des mères qui ont vraiment un don de prédilection lorsqu'il s'agit de choisir un prénom !

Il libéra une chaise d'un tas de journaux et de quelques boîtes plus ou moins vides de pizza.

— Assoyez-vous, je vous en prie, et dites-moi en quoi je vous intéresse.

La jeune dame accepta le siège et croisa ses longues jambes. Elle sortit une cigarette d'un minuscule sac à main.

— Vous permettez que je fume ? lui dit-elle en s'allumant d'un briquet en ivoire.

— À condition de ne pas mettre le feu partout, répondit-il en désignant les piles de cartons et de journaux étalés çà et là. Je ne voudrais pas causer une catastrophe écologique. Et il se renversa au fond de sa chaise à roulettes en mimant celui qui tente de dissiper la fumée à grands tourniquets de bras.

— Monsieur Secours, je suis ici à la demande de mon mari, qui voudrait que vous meniez une enquête pour lui.

Il y eut un silence. Secours creusait sa mémoire. Où avait-il déjà vu cette richarde ? Il se gratta la tempe.

— Fascinant. On m'a offert toutes sortes de choses depuis que je gagne à la télévision : de donner des cours de lecture rapide, des ateliers sur la mémoire... On a même voulu écrire ma biographie. Mais jouer à Sherlock Holmes, jamais ! Voyez-vous, madame, je suis un joueur professionnel, mais je ne joue pas au policier, ce n'est pas dans mes cordes, mon cher Watson. Vous devriez dire à votre mari d'en référer à la police. Ils ont tout ce qu'il faut pour ça.

— Je crois que je me fais mal comprendre. J'aurais cru qu'une personne comme vous, qui a toutes les réponses à toutes les questions, aurait su qui j'étais et qui est mon époux, à la seule mention de mon nom.

— Désolé de vous décevoir. Il faut bien que j'en manque une de temps à autre.

— Je suis l'épouse de Marcel Ryan.

— Le « Boss » ! Et il se frappa le front comme pour se punir de sa stupidité. Mais oui, c'est là que je vous ai vue, au procès ! Quel con je suis ! N'importe quelle lectrice de journaux du dimanche vous aurait identifiée, même de dos, et moi je suis là avec la femme du Boss dans mon appartement à la traiter de journaliste.

Son air renfrogné se métamorphosa immédiatement en sourire radieux. Jamais son ego n'avait reçu pareil coup de valorisation. *Le* Boss voulait retenir *ses* services ! Wow !

— Écoutez, madame, reprit-il en imitant la voix d'un gangster de film de série B. Maintenant que vous savez que je suis un imbécile incapable de faire la différence entre un chat et un chameau, peut-être déconseillerez-vous à votre mari de faire affaire avec un benêt comme moi. Mais si vous me pardonnez mon impéritie, je suis tout disposé à voir ce que je peux faire pour vous aider.

— Êtes-vous toujours comme ça ?

— Comment ?

— Complètement fou et imprévisible ?

— Pas toujours, mais j'y travaille.

La chimie s'était faite entre Marie-Belle et Secours. Elle lui avait trouvé le charme d'un éternel adolescent qui caractérise ce type d'intellectuel à lunettes blasé au mépris facile. Elle lui raconta l'histoire de Vincent Grenier depuis le début sans rien omettre, sans même essayer de cacher l'étourderie des deux kidnappeurs ou l'admiration sans borne que lui portait son mari. Secours prenait des notes dans sa tête, comme il le faisait quand il était encore à l'école. Parfois, il posait une question, éclaircissait un détail, puis il se remettait en position d'écoute avec tout son corps et tous ses neurones. À la fin de l'exposé, il lui restait une seule question.

— Pourquoi moi ?

— À cause d'une phrase que vous avez prononcée à la télévision sur la nécessité de faire des corrélations.

— Oui, bien sûr. Parfois, j'en sors des bonnes... Quand est-ce qu'on commence ?

— Vous acceptez ?

— Évidemment que j'accepte. Je suis déjà amoureux de vous. Et il éclata d'un rire bon enfant.

— Alors, disons dans trois semaines, quand votre série d'émissions sera terminée.

— Elle l'est déjà. Toutes les émissions sont préenregistrées et j'ai tout raflé, jusqu'à la dernière.

— Bravo, vous m'en voyez ravie. Alors, nous pouvons commencer quand vous voudrez. Mais j'aimerais bien savoir, sérieusement, pourquoi vous acceptez. Nous n'avons même pas parlé de vos honoraires.

— Ah oui, l'argent... L'argent. Voyez, j'ai gagné plein de fric avec les jeux télévisés et je ne sais même pas quoi faire avec.

Secours se mit à lui raconter que le jeu qu'il venait de terminer avec tant d'éclat n'était pas le premier auquel il participait. En réalité, il gagnait sa vie à ne faire que ça. Il avait fait tous les quiz, participé à tous les concours possibles et imaginables et il avait gagné très souvent. Mais le public oublie rapidement. Grand bien lui fasse. Les concurrents ne sont que des visages anonymes qui remplissent l'écran entre deux sourires niais de l'animateur et trois réclames pour des produits à la fois extraordinaires et inutiles. On l'avait même soupçonné de tricherie, ce qui lui avait valu quelques discussions avec les autorités policières et son nom sur la liste noire de certaines stations de radio. Mais à la fin, il avait été disculpé de tout soupçon, déclarant qu'il n'était qu'une grosse cervelle à la gâchette rapide dont on oubliait vite le visage tant il avait l'air de monsieur Tout-le-Monde. Les policiers étaient des cons. Ils n'avaient rien vu. Si Secours gagnait si souvent, c'est qu'il trichait. Dans le cas de sa dernière émission, où il avait réussi un score parfait à toutes les parties pendant tant de semaines, il avait d'abord soigneusement étudié le déroulement de l'émission et lu attentivement le générique de la fin. C'est ainsi qu'il avait découvert que les questions posées provenaient d'une firme externe qui les faisait parvenir par la suite à la station de télé. Il ne restait qu'à trouver la faille dans le système. Il essaya en vain de percer les défenses informatiques de la firme externe. Puis, il finit par trouver la faille : une porte virtuelle qu'on avait laissée entrouverte par négligence. L'imprimante de la personne responsable de la correction orthographique était reliée à un ordinateur qui avait un modem externe, indépendant du réseau de la firme. Ainsi, chaque fois que le correcteur imprimait les questions de la semaine, elles s'imprimaient aussi ici sur son imprimante à lui. Un petit système de miroir, banal mais efficace. Comme

Secours avait maintenant accès à toutes les questions et toutes les réponses, il ne lui restait qu'à décider à l'avance de son score. Mû par une inspiration loufoque, il opta pour la partie parfaite. On aurait pu douter de son honnêteté, à le voir toujours gagner ainsi, mais comment affronter l'absurde ? Un score parfait ferait de lui un phénomène et tant qu'à mentir, aussi bien imaginer un énorme mensonge. Plus le mensonge est gros, plus il a une chance d'être cru. Devenu une vedette, il pourrait se retirer avec un magot qui lui permettrait de passer à autre chose. Et ça, c'était tout à fait « autre chose ».

Bref, si Gilles Secours acceptait le rôle que voulait lui confier le Boss, c'était justement parce que, tout comme le Boss, il était un tricheur.

6. LA POULE AUX ŒUFS D'OR

Le hasard dans certains cas, c'est la volonté des autres.

ALFRED CAPUS

SUR LE BORD DU LAC MEMPHRÉMAGOG, dans une maison cossue qu'il appelait son chalet d'été, le ministre responsable des courses et des jeux sirotait un martini en contemplant le lac. À travers la baie vitrée qui donnait sur la plage, il regardait les bateaux de touristes qui voguaient au loin, espérant apercevoir les maisons de célébrités et de milliardaires dont était composé son voisinage. Son maître d'hôtel vint lui annoncer que ses invités étaient tous arrivés et qu'on l'attendait dans la bibliothèque. Il vérifia sa tenue dans la glace qui surplombait la cheminée victorienne et partit d'un pas alerte rejoindre ses convives.

Les discussions allaient bon train quand il franchit la porte de vitrail qui était la pièce maîtresse de l'architecture singulière de cette salle aux boiseries d'acajou. Cette société, habituée au faste et au luxe, déambulait tout à son aise dans ces lieux dignes des monarques. Bonzes de la publicité, financiers, juristes ou politiciens, tous faisaient partie de la même communauté des décideurs du bien commun. Par courtoisie, bien plus que par respect, le silence s'établit lentement à l'arrivée de leur hôte. Il fit un tour poli des personnalités présentes, distribuant des poignées de main ou des bises aériennes selon le sexe de son invité. Ils étaient sept en tout, en comptant le ministre hôte. Celui-ci s'installa dans la bibliothèque de façon à dominer l'assemblée, s'éclaircit la gorge et amorça son discours :

« Très chers amis, la poule aux œufs d'or nous a encore fait un cadeau. Grâce à notre gestion créative du trésor public, nous avons à nouveau à notre disposition une somme modeste dont une part vous revient, tel que nous en avons préalablement convenu. Je vous épargne les détails, de façon à vous protéger et à protéger notre petit groupe. Tout le monde sait qu'on ne peut révéler une information qu'on ignore, n'est-ce pas ? »

Tous répondirent à cette remarque sagace par un petit rire de convenance.

« Quoi qu'il en soit, nous avons récupéré la coquette somme de trois millions deux cent mille dollars, que nous partagerons en huit parts comme à l'habitude, soit une part pour chacun d'entre nous et une huitième part pour le parti. N'oublions jamais de baiser la main qui nous nourrit ! »

Nouveau petit rire poli.

« Mon majordome vous remettra, à tous, un relevé de dépôt attestant qu'une somme de quatre cent mille dollars a été transférée dans votre compte bancaire, là où vous savez. Puissiez-vous demeurer prudents et heureux. »

Cette nouvelle fut accompagnée d'une salve d'applaudissements. Le ministre termina son discours avec des balivernes que personne n'écouta et une heure plus tard, la totalité des convives avait déserté le lieu de rencontre en se disant à la prochaine.

Une fois entré au pays et après avoir empoché son gros lot de trois millions deux cent mille dollars, Vincent Grenier avait fait virer la totalité de ses avoirs situés dans une banque européenne, soit trois millions deux cent mille dollars, dans un autre compte qui appartenait à un prête-nom du ministre. Ainsi, ses avoirs devenaient tout à fait légaux et il blanchissait, du même coup, l'ensemble des sommes qu'il avait reçues depuis près de dix ans pour ses activités « professionnelles ». Tout le monde y trouvait son compte : Grenier ne perdait pas un sou et devenait un honnête homme et la communauté du ministre se séparait la duplication de capitaux générée par ce stratagème. C'est ce qu'on appelait, pour rire, la poule aux œufs d'or : grâce à la complicité d'un très petit groupe de personnes occupant les positions stratégiques, on pouvait déterminer à l'avance le numéro gagnant d'une loterie et son gros lot final. Il ne restait qu'à faire miser la bonne personne sur le bon numéro, après s'être assuré qu'aucun quidam n'avait misé sur ce même numéro par hasard, ou par malchance pour les personnes impliquées dans ce mécanisme machiavélique.

Ainsi, comme Grenier ne pouvait entrer au pays avec un trois millions deux cent mille dollars dont il n'aurait pu justifier la provenance, il avait échangé cette somme contre l'assurance de remporter un gros lot équivalant à la loterie lorsqu'il entrerait au pays. De leur côté, le ministre et ses amis récupéraient l'argent de Grenier, laissé quelque part dans un compte européen, et en disposaient à leur guise, à condition d'en laisser une part au parti. Bref, la loterie devenait le moyen le plus sûr pour blanchir des sommes importantes d'argent provenant du crime organisé international et pour enrichir, encore plus, les quelques hauts dirigeants complices de ce détournement.

7. ROBERTSON & ROBERTSON

Le langage politique est destiné à rendre vraisemblable les
mensonges, respectables les meurtres, et à donner l'apparence
de la solidité à ce qui n'est que vent.

GEORGE ORWELL

ARDAVAST MENCHOURIAN ARRIVA À L'AGENCE pile à
l'heure comme la première fois, mais sans sac de papier.
« Menchourian, Ardavast Menchourian », redit-il encore
une fois à la réceptionniste. « J'ai rendez-vous avec… »

— Oui, je sais, monsieur, répondit la mulâtresse angélique
en lui lançant son sourire le plus racoleur. L'équipe vous
attend. Veuillez vous donner la peine d'entrer dans la salle
de briefing. Je vous apporte quelque chose à boire ?

— Un pastis très allongé, lui répondit-il sans même se retourner. Et Rebecca crut entendre le « mademoiselle » qui
concluait sa demande à travers la porte qu'il refermait.

Décidément, cet homme n'était pas du tout sensible à
ses charmes !

À l'intérieur, Robert Robertson et Jacques Lambert
étaient déjà affairés. Accompagnés d'une demi-douzaine
de collègues, ils regardaient des esquisses sur de grandes
planches préliminaires. Robertson fit les présentations : la

chef graphiste, le rédacteur publicitaire, la stagiaire en relations publiques, le concepteur multimédia, le chargé de
projet et la coordonnatrice, tous se mettaient au service de
leur nouveau client pour lui offrir pleine satisfaction. De sa
voix trop grave pour son corps fluet, Menchourian remercia l'équipe pour leur participation à venir et manifesta son
enthousiasme à voir immédiatement le fruit de leur travail
préliminaire.

C'est la coordonnatrice qui prit la parole pour l'ensemble du groupe.

— Monsieur Mentcho...

— Menchourian !

— Oui, pardon. Nous avons travaillé d'arrache-pied depuis
votre première visite pour élaborer des concepts qui soient
fidèles à vos attentes. Évidemment, ce que nous allons vous
montrer n'est que préliminaire et vous pourrez y apporter
toutes les modifications que vous jugerez nécessaires.

— *Haskanum em*, oui, oui, je comprends. Continuez, je
vous en prie !

— Merci. Tout d'abord, il fallait trouver un nom à votre…
produit. Après un long brainstorming, notre concepteur
ici présent a proposé NADA. Ce qui signifie « rien » dans
plusieurs langues. Et question de donner à ce mot un peu
d'exotisme, nous avons pensé ajouter un trait au-dessus du
premier A, ce qui donne N Ā D A. C'est à la fois un mot et
un concept qui laisse le consommateur sur une impression
de déjà-vu, puisque c'est aussi la fin du mot « Canada ». À
partir de ce mot, nous avons conçu un slogan-choc.

Et elle prit sur la table un grand carton blanc sur lequel était écrit :

> Un trait
> Deux syllabes
> Trois lettres :
> # NĀDA
> C'est tout.

Le rédacteur enchaîna en lisant ce slogan à haute voix. Puis il poursuivit :

— Nous avons pensé ajouter le « c'est tout » à la fin, car il apporte une ambiguïté qui nous plaît beaucoup. Ce « c'est tout » suggère que le produit apporte une solution définitive ou encore que le produit est tout à la fois. Ce qui nous semblait tout à fait approprié dans ce cas-ci, où ce que nous avons à vendre n'est rien, en fin de compte. Puis, comme…

Menchourian leva la main droite très haute, ce qui eut pour effet de suspendre celui qui parlait au milieu de son discours. Tous se retournèrent vers leur client, attendant, avec des regards où se lisait l'inquiétude, son verdict. Celui-ci semblait écouter quelque chose dans sa tête :

— NĀDA… NĀAAAADA, répéta-t-il comme pour lui-même en allongeant le premier A. *Vochinch*… Pas mal… Pas mal du tout. Puis, d'un ton songeur, il poursuivit : J'aime bien l'idée du double message, de la confusion. Il passa sa main droite dans ses cheveux lissés à la brillantine.

C'est bon, cette façon de proposer que « rien » soit tout. *Han, han!* On pourrait même finir par y croire, tellement c'est impossible. Messieurs, mesdames, vous êtes des génies tordus. J'achète! Bravo, vous êtes encore plus fous que je ne l'espérais! Quoi d'autre maintenant?

Le rédacteur reprit exactement là où il avait été interrompu, non sans afficher son contentement face à l'approbation de son nouveau client.

— Puis, comme vous pouvez le constater sur cette maquette, nous avons opté pour le bleu royal et le blanc. Ces deux couleurs sont aussi les couleurs du drapeau québécois, ce qui laisse à l'inconscient du consommateur une impression de produit d'ici, en contraste avec sa consonance exotique. Elles suggèrent aussi l'eau et la nature, la pureté et la royauté.

Pour le reste, nous n'avons pas encore été plus loin. Il fallait attendre votre approbation avant de continuer dans la conception de message et dans le placement publicitaire.

— C'est bon, vous l'avez mon approbation, maintenant. Remettez-vous à la tâche, mes enfants, et soyez créatifs. Vous avez un vieillard à rendre heureux. Si vous le permettez maintenant, ce vieillard va se retirer, car la fatigue me pèse. Encore bravo. Nous nous reverrons la semaine prochaine à pareille heure, n'est-ce pas, monsieur Robertson?

— Bien sûr, répondit le président de l'agence. Sachez que vous êtes ici chez vous et que vous pourrez passer quand bon vous semblera. Mais avisez Rebecca à votre sortie que nous nous revoyons la semaine prochaine. Elle fera le nécessaire.

Menchourian salua tout le monde et sortit retrouver la réceptionniste.

Robertson donna congé à toute l'équipe qui retourna à ses affaires courantes, mais invita la coordonnatrice et le concepteur à demeurer dans la salle de briefing.

— Félicitations à vous deux, affirma le président. Vous êtes vraiment les rois de la bullshit ! Et il éclata de rire. Quand avez-vous tricoté cette campagne-là ? Je l'avais complètement oublié, le vieux déchet…

— Ce matin, après le café, répondit la coordonnatrice.

— J'ai recyclé une vieille campagne que nous avions faite l'an passé pour une compagnie d'eau minérale et qui avait été refusée, enchaîna le rédacteur. Ça nous a pris environ quinze minutes.

— Et les autres planches sur la table ?

— De la frime. Des esquisses de n'importe quoi qui traînaient dans la salle des graphistes. Tout est dans le coup d'œil. Il fallait qu'on ait l'air d'avoir travaillé fort, non ?

Pendant ce temps, Ardavast Menchourian s'entretenait avec la réceptionniste.

— Alors, disons, mardi prochain à la même heure, mademoiselle. Ce sera parfait. À bientôt.

— Un instant, monsieur Menchourian, je dois vous remettre votre état de compte pour le travail qui a été effectué jusqu'à aujourd'hui.

Et elle lui remit une enveloppe sur laquelle figurait le logo de l'agence.

— C'est très gentil à vous, dit Menchourian en décachetant l'enveloppe, mais je n'ai pas mes lunettes. Pourriez-vous me la lire, je vous prie ? Et il lui tendit la feuille de papier qu'il venait de retirer de son enveloppe.

— Certainement. Brainstorming : 3 500,00 $; création de logo original : 5 000,00 $; conception et rédaction de slogan : 5 000,00 $; frais divers : 1 000,00 $; pour un total de 14 500,00 $, plus les taxes, bien entendu. Voulez-vous nous faire un chèque immédiatement ou dois-je vous ouvrir un compte pour la facturation ?

L'Arménien parut fort embêté. Il reprit son document, le plia en quatre et l'engouffra dans sa poche de chemise. Toujours pensif, il restait debout, se balançant sur une jambe puis sur l'autre devant la réceptionniste qui ne savait que faire devant l'expression gênée de son client.

— Je crois que je devrais voir monsieur Robertson à ce sujet, finit-il par articuler.

La réceptionniste appela son patron sur la ligne six, ce qui signifiait, à l'interne, qu'elle avait un problème.

— Monsieur Ardavast Menchourian aimerait vous revoir, monsieur. Je crois que quelque chose ne va pas avec sa facture.

Robertson ouvrit toute grande la porte par laquelle Menchourian venait de sortir et invita celui-ci à revenir dans la salle de briefing après avoir demandé à ses collègues de les laisser seuls.

— Oui, monsieur Menchourian, y a-t-il quelque chose qui ne vous convient pas ? Le président de l'agence s'attendait à ce que son nouveau client manifeste sa surprise devant le montant si élevé de sa première facture, mais il n'en fut rien.

— Excusez-moi si je vous importune avec cela, mais je viens de recevoir votre état de compte et je me demandais si vous accepteriez que je vous paie… cash ?

— En argent ?

— Oui, oui, c'est ça. Cash.

— Mais ce n'est pas nécessaire, monsieur, voyons, je suis sûr que votre chèque sera honoré par votre banque.

— Bien sûr, mais, pardonnez encore ces caprices de vieil homme, c'est que je ne fais pas beaucoup confiance aux banques. Si vous étiez un immigrant comme moi, vous comprendriez peut-être mieux.

— Rassurez-vous, vous pouvez nous payer comme bon vous semblera.

— *Shat lav !* Parfait ! Alors, j'apporterai quinze billets de mille dollars à votre secrétaire. Elle n'aura qu'à me remettre cinq cents dollars pour la différence.

— C'est que… vous oubliez les taxes, mon cher monsieur Menchourian.

— Bah ! Entre gentlemen, on peut bien se passer de ces petits détails, non ?

— Puisque c'est vous, faisons à votre manière. Vos cinq cents dollars vous attendront à la réception dès demain matin.

Ardavast Menchourian serra vigoureusement la main de Robertson et quitta la pièce tout sourire. Son interlocuteur regarda ce drôle de petit bonhomme quitter ses bureaux en se disant qu'il devrait exister davantage de Menchourian dans la vie. En vérité, Ardavast Menchourian aimait bien jouer les vieux immigrants radins aux manies archaïques. Cette comédie lui donnait un coup d'avance sur l'échiquier de ses relations avec les inconnus. Moins il était convaincu de la probité d'un individu, plus il intercalait d'expressions arméniennes dans ses phrases. Il projetait ainsi une fausse image de fragilité qui lui avait maintes fois servi dans sa profession.

Le lendemain matin dès neuf heures, l'Arménien était là avec une enveloppe contenant quinze billets de mille dollars. La réceptionniste lui remit une seconde enveloppe cachetée qui contenait, comme entendu, cinq cents dollars. Voulant à tout prix attirer son attention, Rebecca lança :

— Vous savez, mon cher monsieur, mes patrons sont très forts dans leur domaine.

— Je n'en doute pas une seule minute, chère demoiselle, répondit Menchourian en prenant la direction de la sortie.

Fâchée de tant d'indifférence, elle poursuivit :

— Parfois, ils réussissent des coups fumants pour leurs clients, sans que ça leur coûte un rond.

Ardavast Menchourian se retourna, interloqué.

— C'est-à-dire ?

Elle avait frappé dans le mille. Le vieux était plus près de ses sous qu'il ne le laissait voir.

— Bien, par exemple, continua-t-elle tout sourire, nous faisions la promotion d'un jeu télévisé qui remplissait les heures creuses de diffusion et mes patrons cherchaient un moyen original pour relancer cette émission médiocre. Puis, notre service a découvert qu'un des concurrents trichait. Par un moyen astucieux, il parvenait à connaître le contenu des questions avant l'enregistrement du quiz. Au départ, mon patron a pensé le faire arrêter par la police, puis l'ordinateur qu'est son cerveau s'est mis en branle. Ce concurrent, grâce à sa série consécutive de matchs parfaits, commençait à fasciner le public. On n'écoutait plus l'émission pour son contenu, mais bien par sympathie pour ce nouveau phénomène populaire. Bref, s'il continuait à gagner, il ferait monter les cotes d'écoute lui-même, sans que nous ayons à investir en promotion. Alors, nous avons décidé de ne rien révéler, de ne rien faire, et de continuer à le laisser gagner. Ses victoires coûtaient moins cher à notre client qu'une campagne promotionnelle et, de toute façon, il faut bien qu'il y ait un gagnant ! Alors lui ou un autre ? Et l'émission a fracassé des records d'écoute, entraînant à la hausse les tarifs de publicité durant cette tranche horaire, ce qui a eu pour conséquence de doubler la rentabilité de l'émission. Et tout ça, sans investissement promotionnel !

Menchourian regardait désormais fixement Rebecca, les yeux écarquillés d'indignation.

— Mais c'est de la fraude !

— Seulement si nous avions fomenté ce coup-là nous-mêmes ! Pour l'instant, le concurrent ignore que nous l'avons débusqué. Il croit avoir déjoué le système, mais en fait, le système s'est servi de lui.

— Décidément, mademoiselle...

— Rebecca.

— Mademoiselle Rebecca, vous êtes une femme pleine... (il fit une pause, cherchant le mot juste) d'enseignements. J'ai été ravi de m'entretenir avec vous. *Bari luis*, bonne journée. Et il battit de la semelle vers la porte restée entrouverte.

8. NIAMEY, NIGER, MARS 2004

Aussi le meurtre est un plaisir. Je dis plus ; il est un devoir ;
il est un des moyens dont la nature se sert pour parvenir aux
fins qu'elle se propose sur nous.

DONATIEN ALPHONSE FRANÇOIS, Marquis de Sade

VINCENT GRENIER ÉTAIT ASSIS DANS UNE CAMIONNETTE
devant un restaurant aux allures discutables de Niamey, la
capitale du Niger. Sur le pare-brise, une affichette de carton sale exhibait le mot « Journaliste ». Depuis son arrivée
par l'Algérie, le ciel était resté limpide et le soleil de plomb
faisait osciller le thermomètre entre quarante et quarante-
cinq degrés. Le climatiseur de la vieille Mazda Diesel
émettait une plainte constante sans parvenir à rendre l'air
de l'habitacle respirable. Malgré le bruit du ventilateur,
Grenier parvenait à entendre les exclamations de la foule
amassée sur la place publique à quelques maisons de là. Sur
un podium, un politicien grassouillet, dans un costume
inapproprié pour le climat, hélait une foule disparate qui
répondait à ses envolées verbales par des exclamations criar-
des. C'était justement pour cet homme qu'on avait envoyé
Vincent Grenier au Niger. En fait, il était venu pour « tran-
siger » avec deux Nigériens, mais le premier était décédé

d'un infarctus alors que Grenier était encore au-dessus de l'océan, dans un Boeing en provenance de l'Amérique. Il avait appris la nouvelle par le journal local qui faisait grand cas de ce décès, car l'homme avait trouvé la mort alors qu'il était en compagnie de deux prostituées dans un hôtel de la capitale. Grenier considéra la chose avec philosophie en se disant que parfois, la sélection naturelle n'avait pas besoin de ses services.

Sur ses genoux, un portable retransmettait la scène qui se déroulait sur la place publique. Cette émission ne provenait pas d'une chaîne de télé, mais bien d'un télescope sophistiqué auquel était rattaché, à distance, l'ordinateur portable. Cette lunette était posée sur une arme soviétique à longue portée devant une fenêtre qui donnait directement sur le lieu de rassemblement. Grâce à la télécommande de son ordinateur, Vincent Grenier contrôlait l'arme à distance et pouvait la déplacer au micromètre, question de viser juste. Il attendait qu'une fenêtre s'ouvre dans la foule tapageuse pour pouvoir atteindre sa cible sans risque d'erreur. Le moment propice survint lorsqu'une femme d'une maigreur affolante se déplaça de devant le podium pour saisir par la main une fillette qui s'apprêtait à gravir l'escalier menant à l'estrade. Vincent Grenier appuya sur F3 et l'arme fit feu. Le politicien eut une pause dans son discours puis, après une seconde ou deux, sa tête explosa en morceaux comme une citrouille lancée à cent à l'heure sur un mur de pierre. Grenier appuya ensuite sur F4 et une double explosion retentit dans le bâtiment situé à l'angle opposé à celui d'où était parti le coup de feu. C'était une méthode de diversion des plus banales, mais qui fonctionnait à tout coup.

Il faut très peu de chose pour qu'une foule en délire se transforme en une bête hystérique et le coup de la décapitation, additionné au bruit de la double explosion, engendra l'effet escompté. Des gens couraient dans tous les sens, pleuraient et vomissaient leurs entrailles à la vue de ce corps décapité dont les restes, parcourus par une série de violents spasmes post-mortem, s'étaient affaissés sur l'estrade dans une mare de sang et de morceaux de cervelle. Grenier avait un faible pour ces balles explosives ; tant pour leur effet spectaculaire que pour le travail insensé qu'elles laissaient aux médecins légistes.

Profitant de la cohue, Vincent Grenier, au volant de sa camionnette, embraya et s'éloigna tranquillement du lieu du crime. Au moment même où il reprenait la route, une lettre des *Disciples de la Liberté*, qui revendiquaient l'attentat, arrivait au journal local. Parfois, une faction terroriste, même imaginaire, facilitait drôlement le travail pour embrouiller une enquête déjà mal partie.

Revenu à son bureau d'Alger, il effaça son disque dur et ramassa ses affaires. C'était la dernière fois qu'il « transigeait » avec des clients et il était heureux que sa carrière se termine justement avec celui-ci. Despote cynique et manipulateur corrompu, le désormais trépassé s'était enrichi de façon éhontée au profit d'une population qui vivait aux confins de la misère. Les foules qui venaient l'acclamer étaient, la plupart du temps, achetées contre un peu de pain ou un sac de maïs. Si Grenier en avait eu l'opportunité, il aurait débarrassé le Niger de cette plaie de son plein gré, sans attendre une commande de ses employeurs. Dix ans de ce boulot lui avaient laissé un code moral très personnel où les bons et les méchants n'étaient pas toujours dans le clan attendu. Mais il était maintenant fatigué de jouer à l'ange de la mort. Il avait demandé à prendre sa retraite et ses employeurs s'étaient engagés à faire le nécessaire pour qu'il puisse réintégrer, du moins pour quelque temps, la vie « normale » d'ingénieur qu'il avait abandonnée une décennie auparavant. Mais il n'était pas dit qu'ils n'auraient pas recours à ses services à nouveau un jour ou l'autre. On ne quitte pas aussi facilement ce genre de métier. Il ne restait plus qu'à rentrer au pays, en espérant que ce soit une fois pour toutes.

9. L'ENQUÊTE

Il arrive parfois que le hasard prenne
l'apparence de la justice.

YVES BEAUCHEMIN

DANS L'APPARTEMENT DE GILLES SECOURS, seule une lampe de chevet émettait une lueur blafarde qui se répandait timidement sur les liasses de papiers qui entouraient l'homme barbu. Les deux seuls sons audibles dans la pièce étaient le cliquetis du clavier de l'ordinateur et la respiration lente de Marie-Belle qui s'était endormie dans un fauteuil. Depuis des heures, Secours fouillait les bases de données d'une panoplie impressionnante d'agences, de ministères et de banques. Quand il se mettait ainsi en chasse, il perdait littéralement le sommeil, son adrénaline poussée au maximum. Si une source d'information s'avérait particulièrement difficile à pénétrer ou à décrypter, cela ne faisait qu'amplifier son plaisir et décupler son génie. Il s'adressait à voix haute à sa machine, l'injuriant ou la suppliant selon son humeur. Mais depuis un moment, il était entièrement silencieux, fasciné par les recoupements que cette nuit de travail lui avait enfin permis de faire. Il fixait son écran, ébahi, comme on contemple une œuvre d'art qui nous laisse sans voix. Finalement, il se permit un « Wow ! » sonore et contemplatif, ce qui tira Marie-Belle de son sommeil inconfortable. Étirant ses longues jambes enveloppées de soie, elle se leva doucement et vint se tenir, debout, légèrement penchée, derrière Gilles Secours, s'appuyant sur ses épaules. Celui-ci pouvait percevoir le parfum qui émanait de sa chevelure et le simple contact de ses mains avec ses épaules lui fit tourner la tête l'espace d'une seconde. Son haleine chaude de sommeil dans son cou, elle hasarda :

— Tu as trouvé quelque chose ?

— On peut dire que *oui !* répondit l'enquêteur avec toute la charge que pouvait contenir un oui. Regarde un peu ça !

Il désignait sur l'écran une liste de lieux accompagnés de dates, suivis du nom d'un aéroport et de son symbole à trois lettres, puis d'un commentaire.

Soudan 10/93	*Khartoum (KRT)*	*Homme d'affaires*
Allemagne 06/94	*Berlin (TXL)*	*Trafiquant de drogue*
Almoloya 02/95	*Cancún (CUN)*	*Politicien*
Cambodge 09/98	*Phnom Penh (PNH)*	*Homme d'affaires*
État de Tabasco 08/98	*Chihuahua (CUU)*	*Politicien*
Luxembourg 05/99	*Luxembourg (LUX)*	*Meurtrier*
Malaisie 08/01	*Penang (PEN)*	*Politicien*
Afrique du Sud 04/01	*Durban (DUR)*	*Trafiquant de drogue*
Santiago Chili 07/02	*Santiago (SCL)*	*Pornographe/Pédophile*
Niger 03/04	*Lagos (LOS)*	*Politicien*

— Peut-être que pour toi c'est intéressant, mais pour ma part, je ne vois rien qui ait du sens là-dedans.

— Alors, regarde bien. La première colonne nous indique où était Vincent Grenier en octobre 1993 ; au Soudan. La seconde est la confirmation de son arrivée dans ce pays en fonction de l'aéroport où il est descendu ; ici, l'aéroport de Khartoum. Et finalement, la troisième nous indique ce qui s'est passé d'inhabituel dans ces lieux lors de la visite de Grenier. Ici, c'est l'assassinat d'un homme d'affaires soudanais bien en vue, assassinat qui n'a jamais été expliqué. Or, c'est comme ça chaque fois ! Grenier débarque, et en moins de quarante-huit heures quelqu'un meurt sans qu'on retrouve l'assassin. J'ai pu retracer ses allées et venues sur une période de dix ans. Tu peux me croire, il n'a pas chômé. Il arrive en Allemagne en juin 1994 par l'aéroport de Berlin et trente-six heures après, un trafiquant de drogue qui était recherché depuis des lustres par la police internationale est retrouvé sans vie et sans qu'on puisse relier le meurtre à qui que ce soit. Je te l'affirme, c'est le même scénario toutes les fois. La seule personne parmi cette triste liste qui n'était pas une sombre célébrité est le pédophile de Santiago. En fait, il n'était pas Chilien, mais bien Français, et c'est majoritairement en territoire français qu'il opérait, pour revendre ensuite ses exploits sur vidéo à une clientèle plus ou moins internationale. On a découvert ses activités illicites seulement une fois après avoir retrouvé sa dépouille castrée et pendue la tête en bas avec sa quéquette dans le cul ! Le gars est mort au bout de son sang après une longue agonie. C'était vraiment la signature d'un pro qui veut envoyer un message clair aux intéressés. Pourtant, ça n'a pas fait la une des journaux importants là-bas. Seuls les petits indépendants en ont parlé.

De plus, Grenier n'apparaît jamais sur les listes de retour des compagnies aériennes. Ce qui veut dire qu'il part sous sa vraie identité et revient toujours sous un faux nom. Il faut avoir de fichus bons contacts pour faire cela ; faux passeports et tout et tout.

Mais ce n'est pas tout, chaque voyage de Grenier est suivi, peu de temps après, d'un transfert de fonds variant entre cent et cinq cent mille dollars dans un compte situé quelque part en Europe. Il y en a, en tout, pour trois millions deux cent mille dollars, mais je ne sais pas encore au profit de qui. Bref, le gars est un tueur professionnel, mais il ne travaille pas pour ton mari. Alors pour qui ?

— Désormais pour personne. N'oublie pas qu'il vient de remporter le gros lot à la loterie.

Secours se mit soudainement à fouiller frénétiquement dans ses coupures de journaux et finit par mettre la main sur celle qu'il cherchait, après avoir ajouté du désordre à ce qui semblait déjà être un brouillamini impossible à aggraver.

— *Un gros lot de…* 3 200 000 $ *!* Bingo ! Voilà où est allé l'argent… Dans ses poches via le ministère de la Loterie et des Jeux. Si on arrive à prouver ça, on aura en main le scandale du siècle. En tout cas, on peut dire que Grenier a des relations, mon cher Watson.

Il devenait donc crucial de retracer le parcours qu'empruntait l'argent gagné par Grenier pour pouvoir comprendre dans quel monde celui-ci déambulait. C'était comme tracer un labyrinthe, mais à l'envers : en débutant par le gros lot de Grenier pour aboutir à celui ou ceux qui l'avaient payé pour qu'il appuie sur la gâchette.

Marie-Belle Davis et Gilles Secours conclurent qu'ils devaient suivre Vincent Grenier pendant quelque temps pour en apprendre un peu plus sur ce soi-disant « heureux gagnant ». Mais Secours ne voulait pas voir sa jolie collègue prendre des risques. À son avis, elle était trop belle pour passer inaperçue et risquait de faire échouer leur filature. Quant à lui, il avait l'habitude d'être monsieur Tout-le-Monde et était convaincu que Grenier ne le remarquerait pas, dût-il être aperçu dans son propre placard. Mais l'épouse du Boss ne se laissait pas déloger aussi facilement. Affirmant qu'elle en connaissait tout un chapitre dans l'art du déguisement, elle lui donna rendez-vous le lendemain matin rue Sainte-Catherine, coin Peel, à sept heures pile et le mit au défi de la reconnaître dans la foule matinale. Le bureau de Vincent Grenier se trouvait à quelques pas de là et c'était l'endroit tout indiqué pour commencer leur filature. L'éternel adolescent qu'était Gilles Secours se prit au jeu et paria un dîner au restaurant qu'il saurait reconnaître Fantômas Davis en moins de deux.

Sur cette note badine, Gilles et Marie-Belle prirent congé l'un de l'autre pour aller cueillir quelques heures d'un sommeil fort mérité.

❧

À l'heure prévue, Secours se tenait assis sur un banc d'abribus, face au métro Peel. Ses yeux scrutaient la foule du matin, cherchant à débusquer Marie-Belle sous son déguisement. Il avait suivi une nonne puis s'était ravisé, ç'aurait été trop absurde ! Puis arriva une policière derrière ses lunettes de soleil miroir, sa longue chevelure retenue sous sa casquette. Mais elle était brune et monta dans sa voiture de patrouille. Encore une fausse piste. Au départ amusé à l'idée de démasquer sa compagne de filature, il s'était vite lassé, songeant aux risques qu'ils prenaient, peut-être inutilement. Il essayait de réfléchir, mais sans succès, dérangé par le froid de ce début d'hiver au centre-ville et par un groupe de femmes hassidiques qui escortaient une bande de gamins bruyants s'apprêtant à prendre l'autobus. L'une d'entre elles transportait un cabas qui paraissait très lourd et qui devait contenir les victuailles de la bruyante équipée. Elle le laissa choir si près de Gilles Secours qu'il faillit être projeté en bas de son siège. La dame au cabas ne lui accorda même pas un regard. Replaçant une mèche rebelle sous son *tichel*, elle laissa échapper un grognement que Secours prit au départ pour un juron. L'autobus vint se poster devant lui et la marmaille s'y engouffra, suivie par sa garde de *bubbes*. Une fois tous les marmots montés à bord, la dame du banc sortit un mouchoir de son cabas pour y éternuer bruyamment. Puis elle répéta le juron que Secours avait entendu précédemment :

— *Nebach !* Ce qui veut dire : « Vous me faites pitié », monsieur Secours !

L'interpellé se retourna lentement vers sa voisine. Il avait évidemment reconnu la voix de celle qui se permettait de se moquer de lui sous son nez.

— Il me semblait que vous n'auriez pas de difficulté à me reconnaître, monsieur fin renard ? Vous voyez que je peux disparaître si je le veux.

Marie-Belle était au comble de l'autosatisfaction. Pour la première fois, elle avait le dernier mot sur ce génie du petit écran et son rival ne trouvait rien à répondre. Il restait muet devant sa défaite.

— Bon, bon ! Tu m'as eu. Je te dois un dîner. Au lieu de fanfaronner, va te placer de l'autre côté de la rue. Nous n'aurons pas trop de deux points d'observation pour identifier Grenier à travers tous ces gens. Et puis, il est préférable qu'on ne nous voie pas ensemble.

Heureuse de sa victoire, Marie-Belle traversa la rue Sainte-Catherine en sautillant et se retourna entre deux voitures pour lui tirer la langue. Puis elle alla se poster près de l'entrée de la bouche de métro, son cabas à ses pieds.

***

— N'entrez pas là-dedans !

Celui qui venait de proférer ce conseil s'était assis au côté de Secours depuis un peu plus de dix minutes. Sale, très sale, d'un âge indéfini, il était habillé de plusieurs manteaux en loques et avait un chapeau de lapin trop étroit en guise de couvre-chef.

— Le métro… il mange les gens…

Gilles Secours se dit qu'il devrait changer de place pour poursuivre sa filature s'il ne voulait pas que le délire de ce sans-abri attire l'attention sur lui.

— Dites-le aussi à la fausse femme juive qui est avec vous de l'autre côté de la rue.

Cette fois, Secours fut renversé et inquiet des propos de son curieux voisin.

— Comment savez-vous que cette femme est avec moi et qu'elle n'est pas une vraie Juive ?

L'homme se frotta vigoureusement le visage de ses deux mains rougies par le froid.

— Voyons, monsieur… De un, les femmes juives ne regardent pas les hommes. Or, celle qui est de l'autre côté de la rue vous regarde constamment ; c'est donc qu'elle est avec vous et que vous attendez la même personne. De deux, les femmes juives ne portent pas de chaussures *Gucci*. Du moins, pas les femmes hassidiques.

— Vous êtes observateur, vous !

— Je les ai comptés.

— Quoi ? répondit Secours, interdit.

— Les gens. Ceux qui entrent dans le métro. Je les ai comptés. Il en sort moins qu'il en entre. Le métro mange les gens, c'est une vérité mathématique. Je les ai comptés, neuf mille cinq !

— Neuf mille cinq quoi ?

— Ben ! Neuf mille cinq personnes. Il entre, par ici, neuf mille cinq personnes tous les jours. Mais il n'en ressort jamais autant. Ah ! Pas beaucoup. À peine sept ou huit. Mais il en manque toujours. Je les ai attendus, mais ils ne réapparaissent jamais. Le métro les mange. C'est normal, il faut bien qu'il se nourrisse de quelque chose !

Secours était fasciné par le bonhomme et son délire. Et cette façon qu'il avait de se frotter le visage constamment semblait indiquer qu'il aurait voulu pouvoir s'éveiller d'un mauvais rêve. À moins que ce ne soit le contraire et qu'il ait souhaité pouvoir enfin dormir.

— Mais comment arrivez-vous à les compter ? Je veux dire, tout ce monde à la fois, c'est impossible !

L'homme parut retenir une très grande contrariété. Fourrageant dans un sac, il en sortit une boîte de cure-dents qui semblait avoir beaucoup servi.

— C'est toujours la même chose, il faut toujours tout expliquer. Quelle misère, j'aurais dû rester à l'université, mais même ceux-là ne comprenaient rien !

Au bord de l'apoplexie, l'homme tendit la boîte à Secours.

— Prenez-en ! Juste un tas, comme ça, et lancez-les par terre.

Toujours soucieux d'éviter d'attirer l'attention, Gilles Secours s'exécuta et laissa tomber au sol une petite quantité de cure-dents.

— Plus que ça !

Secours secoua environ la moitié de la boîte à ses pieds.

— Ça va comme ça ?

— Cent soixante-sept.

— … ?

— Comptez-les, il y en a exactement cent soixante-sept !

Secours demeurait figé. Puis, il se dit que s'il se mettait à les compter, l'homme partirait sans doute pour ne pas affronter la réalité de son délire. Il s'exécuta. Le fou ne bougeait pas et attendait, hautain. Plus Secours approchait du nombre fatidique de cent soixante-sept, plus il craignait la réaction du vagabond. Puis, il arriva à cent soixante-cinq, cent soixante-six… cent soixante-sept ! Il y avait exactement cent soixante-sept cure-dents dans la pile jetée par terre !

— Mais comment faites-vous ça ?

— Comme ça. Du premier coup d'œil. Je le sais, c'est tout. Tout comme je sais que le métro avale les gens. Mais il les choisit, vous savez ! Il ne mange jamais les gens connus. On découvrirait trop vite son manège si des célébrités disparaissaient dans le métro. Mais moi, je le sais, je les compte, il en manque, il en manque toujours, chaque jour…

À ce moment, Gilles Secours eut une idée. Il pouvait peut-être mettre à profit les talents d'observateur de ce personnage délirant.

— Accepteriez-vous de travailler pour moi ?

— Jamais, monsieur ! Je n'ai pas besoin de travailler, moi, monsieur, je suis millionnaire ! Mais si vous aviez une cigarette, je ne dirais pas non.

— Malheureusement, je ne fume pas, mais ma compagne pourra vous en donner une tout à l'heure si vous le souhaitez.

— Si c'est une bonne marque. Les cigarettes de mauvaise qualité me jaunissent les doigts.

— Bien sûr. Puisque l'argent ne vous intéresse pas, accepteriez-vous de me rendre un petit service ?

— Disons deux paquets de Peter Jackson.

— OK. Je vais vous montrer un homme tout à l'heure. Je vous demande simplement de l'observer, de me dire à quelle heure il arrive et à quelle heure il part. Ça vous va ?

— Est-ce qu'il prend le métro ? Parce que, si c'est le cas, je ne garantis pas qu'il va en ressortir.

— Non, je ne crois pas. Il va plutôt entrer et sortir du bâtiment qui est juste à côté. Je reviendrai vous voir dans trois jours et vous pourrez me faire votre rapport.

— Ça dépend. Je suis très occupé cette semaine, des cours à donner, des conférences… J'attends aussi l'arrivée d'un collègue des États-Unis. Je vais plutôt vous laisser mon numéro de téléphone cellulaire. Comme ça vous n'aurez pas de difficulté à me contacter.

L'homme brandit de sous ses haillons un téléphone portable dernier cri. Fier de son exhibition, il s'empressa de cracher son numéro, que Secours nota mentalement. Apercevant Marie-Belle qui lui faisait signe de l'autre côté de la rue, il prit congé de son compteur de cure-dents, constatant que Vincent Grenier arrivait seul, à pied, au coin des rues Peel et Sainte-Catherine.

— Vous voyez le grand en trench-coat kaki là-bas? Le blond? C'est lui que vous devrez surveiller.

— Pourquoi?

— Pour qu'il ne se fasse pas manger par le métro !

Et Secours galopa de l'autre côté de la rue.

10. LA FILATURE

L'imagination est pire qu'un bourreau chinois ; elle dose la
peur ; elle nous la fait goûter en gourmets.
ÉMILE-AUGUSTE CHARTIER, dit ALAIN

VINCENT GRENIER MARCHAIT D'UN PAS NONCHALANT,
comme s'il était en avance. Il était sept heures quarante-
cinq. Secours se tenait à une distance raisonnable de façon
à ne pas être remarqué tout en s'assurant de ne rien perdre des faits et gestes de Grenier. Un homme assis dans
l'embrasure de la porte d'un commerce encore fermé lança
un « Any spare change ? » à l'intention de Gilles Secours.
Celui-ci l'ignora. Puis, Vincent Grenier franchit la porte
d'un imposant édifice et prit l'ascenseur qui se trouvait derrière le poste des gardiens de sécurité. Rendu là, impossible
de suivre Grenier plus loin. Avec ses multiples étages, l'édifice se transformait en labyrinthe et il aurait fallu prendre le
même ascenseur que lui pour savoir où il allait exactement.
De plus, le gardien, qui avait remarqué Gilles Secours, l'in-
terpella pour savoir s'il avait besoin d'aide. Secours répondit d'un vague geste de la main et se concentra plutôt sur
le panneau indicateur de l'entrée où s'alignaient, en ordre
alphabétique, les noms des différentes sociétés qui avaient

leurs bureaux en ces lieux. À part une ou deux banques et des agences de publicité, le reste des compagnies présentes sur ce panneau étaient entièrement anonymes pour quelqu'un comme Gilles Secours.

— Avez-vous rendez-vous avec quelqu'un ?

Le gardien s'était approché.

— Non, pas ce matin, répondit Secours, mal à l'aise.

— Dans ce cas, vous ne pouvez pas rester ici. Voulez-vous que je vous appelle un taxi ?

Comprenant qu'il valait mieux filer, Secours tourna les talons et se retrouva sur le trottoir. Après quelques pas, Marie-Belle vint le rejoindre.

— Alors ?

— Pas grand-chose, il s'est glissé dans l'ascenseur avant que j'aie eu le temps de voir où il allait. Attendons qu'il sorte maintenant.

L'attente fut brève, quinze minutes tout au plus. À peine le temps de se geler le bout du nez. Grenier réapparut en face de l'édifice, une mallette de cuir à la main, se dirigeant dans la direction d'où il était venu. Secours reprit sa filature, toujours d'une distance suffisante pour ne pas se faire remarquer. Ils prirent la rue Peel vers le sud puis, quelques pâtés de maisons plus loin, s'engagèrent dans l'entrée d'un stationnement à étages. Secours suivait son homme au son bien plus que de visu. Il crut le perdre, puis le vit se diriger vers le niveau inférieur, là où sont garées les automobiles des clients annuels. Craignant de perdre sa piste à nouveau, il pressa le pas et descendit l'escalier vers le second niveau.

Le stationnement était vide. L'odeur omniprésente d'urine et de ciment mouillé ajoutait une saveur lugubre à sa filature. Pas de voiture, pas de Grenier. Mais où était-il donc disparu? Secours n'avait remarqué aucune porte, aucune issue par où Grenier aurait pu se défiler. C'est alors que ses pieds quittèrent le sol. Grenier, qui était apparu tel un spectre, tenait Gilles Secours par le collet et le soulevait littéralement de terre. Son visage à quelques centimètres du sien, Secours constata que l'homme avait l'haleine fraîche et une dentition impeccable. Il aurait dû ressentir une peur indicible, mais au lieu de cela, il éprouvait un trouble proche de la fébrilité, un peu comme s'il avait assisté à la scène en tant que spectateur, de l'extérieur de son corps. Puis, il réalisa que le froid sur sa tempe ne provenait pas d'une sueur froide, mais bien du canon d'un revolver que Grenier y plaquait de sa main droite.

— Vous me suivez?

Grenier déposa Secours sans relâcher sa prise. Il prit une distance d'un pas et décolla l'arme de la tête de Secours. Ne sachant que dire et oscillant toujours entre la peur et l'excitation, Secours demeurait muet. Grenier, pour sa part, avait eu le temps de se faire une opinion sur son suiveur. Ce n'était pas un journaliste ni un assassin, pas plus qu'un criminel. L'égarement qu'il lisait dans son regard lui disait aussi que ce freluquet barbu n'avait sans doute jamais eu affaire à un homme armé.

— Vous voulez savoir ce que je fais dans la vie, mon vieux? C'est ça? Eh bien, je vais vous le dire. Vous voyez?

Et il agita son arme.

— Je fais des trous. Des tout petits trous. On me donne un nom, une photo, et moi je fais un trou dans le bonhomme en question. C'est tout. Le reste se fait tout seul. Vous saisissez ?

Secours fit oui de la tête et porta son regard sur cette main qui agrippait toujours son collet.

— Maintenant, je vais vous lâcher. Vous allez vous retourner et partir là d'où vous êtes venu. Si vous êtes sage, je ne ferai pas de trou dans votre carcasse. Alors, partez sans chercher à faire de singeries. Par contre, si je vous retrouve sur mon chemin, je n'hésiterai pas à vous faire exploser la cervelle. C'est clair ?

Et il relâcha son étreinte. Secours, toujours muet, se mit à marcher à reculons vers l'escalier. Maintenant, il avait peur. Oh oui ! Très peur. Il marchait lentement, mais le plus vite possible. Il aurait pu entendre claquer ses pas sur le ciment froid si son cœur n'avait pas tant résonné dans ses oreilles. Il était en sueur de tant d'effort et sa vue se troublait. À chaque instant, il croyait entendre le revolver retentir et, s'étant retourné pour monter l'escalier, il ressentait une démangeaison atroce quelque part entre ses omoplates, là où la balle allait indubitablement se loger.

Une fois à l'air libre, Secours prit ses jambes à son cou et remercia le ciel qu'il y eût un Dieu pour les imbéciles comme lui. Ses poumons brûlants semblaient prêts à exploser, mais il préférait risquer l'infarctus plutôt que de se retourner.

Enfin sur la rue Sainte-Catherine, après s'être assuré que Grenier n'était pas sur ses talons, il alla, presque plié en deux, rejoindre Marie-Belle.

— Tu es tout pâle ? Tu l'as vu ? Qu'est-ce qu'il fait ? Où étiez-vous ? Tu as appris quelque chose ?

Secours cherchait à tout prix à se refaire une contenance.

— Prenons d'abord un taxi pour rentrer, je te dirai tout en chemin.

Il héla un taxi et se laissa choir sur la banquette arrière tout en indiquant au chauffeur enturbanné l'adresse de son appartement. Marie-Belle Davis attendait, fébrile, que son coéquipier veuille bien, après avoir cessé de haleter, desserrer les lèvres. Finalement, ayant retrouvé un semblant de calme, Gilles Secours piétina son orgueil et fit le compte rendu de sa honteuse mésaventure à sa compagne.

— Et c'est toi qui prétendais avoir l'allure de monsieur Tout-le-Monde ! Non seulement il t'a repéré, mais en plus nous revenons les mains vides. À moins que tu ne comptabilises les menaces de mort ?

— Très drôle, madame la professionnelle. Mais sache que nous avons quand même appris des choses.

— Ah oui ? Comment ça ?

— Tout d'abord, nous savons que Grenier vient régulièrement dans le quartier. Pourquoi ? Tu te rappelles le mendiant qui m'a demandé de la monnaie ? Eh bien, il n'a rien demandé à Grenier. Ce qui veut dire que Grenier passe régulièrement ici et que le gars ne donne jamais rien aux mendiants puisque le bonhomme ne s'est même pas donné la peine de lui en demander. Nous savons aussi que Vincent Grenier est connu dans le building où il est entré puisque le gardien ne l'a pas interpellé, mais qu'il l'a fait pour moi. Donc, son bureau est fort probablement dans cet édifice. Nous savons aussi que Grenier est gaucher, car il m'a soulevé de la main gauche, son côté le plus fort. Finalement, nous avons la confirmation qu'il travaille pour quelqu'un puisqu'il a avoué qu'on lui fournissait le nom et la description de ses victimes. Ah, j'oubliais ! Nous savons également qu'il craignait de se faire suivre puisqu'il a démontré une vigilance remarquable en m'identifiant.

— Ou encore que son suiveur était si peu discret qu'un aveugle s'en serait rendu compte.

— Très drôle !

Puis tous deux demeurèrent silencieux, ruminant les événements des dernières journées. Après plusieurs minutes de silence, Marie-Belle se retourna vers Gilles Secours.

— C'est bizarre quand même… Pourquoi est-ce qu'un type irait avouer à un inconnu, qu'il tient au bout d'un revolver de surcroît, qu'il est un tueur professionnel ? Ça ne tient pas debout !

— Sauf si le gars n'en a rien à foutre que je le sache, ou s'il a simplement voulu me flanquer la frousse ! Et si c'est le cas, il a réussi.

— Remarque qu'il s'est comporté de la même façon quand il est allé en prison voir mon mari. Il semblait ne pas s'inquiéter d'être identifié. À la limite, c'est suicidaire. Si

Marcel n'avait pas été amusé par le gars, il y a longtemps qu'il aurait été exécuté.

— Ce qui voudrait dire qu'il se croit intouchable...

— Ou condamné...

Marie-Belle et Vincent s'isolèrent chacun dans leurs pensées pour un bref instant. Brisant ce silence que meublait le cliquetis du compteur du taxi, Marie-Belle jeta, presque dans un murmure :

— Je peux te poser une question personnelle ?

— Je ne répondrai qu'en présence de mon avocat et quand celui-ci aura cessé de rire.

— Pauvre con ! répondit Marie-Belle en souriant de toutes ses dents si blanches et si parfaites. Que fais-tu de tout l'argent que tu as gagné dans tous ces quiz et tous ces concours ?

— Bah... Rien... Au début, j'en donnais à ma mère, puis j'en ai donné un peu à des gens que j'aimais. Finalement, j'ai renoncé.

— Renoncé à quoi ?

— À vouloir le bien des autres cons, je crois.

— Je ne saisis pas. Qu'est-il arrivé à ces gens que tu aimais à qui tu donnais ton argent ?

— Je ne les aime plus.

Marie-Belle le regardait, interloquée.

— L'argent, c'est comme le pouvoir ou l'alcool. Il faut une bonne dose d'habitude pour savoir le supporter.

— Je vois, répondit-elle presque pour elle-même.

Et Secours se dit qu'elle comprenait cela peut-être encore plus que lui.

— À moi maintenant de te poser une question qui me trotte dans la tête depuis fort longtemps.

Les yeux bleus et intelligents de Marie-Belle s'illuminèrent de mille feux pétillants.

— OK, je t'en dois une…

— Pourquoi as-tu épousé le Boss ? s'enquit Gilles Secours en lui tendant un microphone imaginaire. La bonne réponse vaut cent dollars. Tic tac, tic tac…

— Est-ce que j'ai un choix de réponses ? répliqua Marie-Belle en se prêtant au jeu.

— Non, mais tu peux répondre dans la langue usuelle de ton choix. Tic tac, tic tac…

Cherchant ses mots, elle remit machinalement une mèche de cheveux en place puis posa son regard sur le bout de ses pieds avant de fourrager dans son sac pour y cueillir son briquet et une cigarette. Secours, qui connaissait bien le langage non verbal, sut que l'heure n'était plus aux plaisanteries.

— Marcel fait partie de ces hommes qui peuvent avoir tout ce qu'ils veulent, y compris les femmes. Et moi, disons que je n'ai jamais eu trop de mal à séduire qui que ce soit. Déjà enfant, j'obtenais tout ce que je voulais avec un regard ou un sourire. Alors, je me suis dit que nous étions de la même race, du même sang. Trop de gens comptent sur l'amour pour réussir leur mariage et n'obtiennent que des naufrages. Moi, j'ai opté pour la raison et ça ne m'a pas trop mal réussi.

— Et tu l'aimes ?

— Parfois, oui. Peut-être un peu plus depuis qu'il est en prison, depuis qu'il a besoin de moi.

Et Marie-Belle rougit.

— À moi maintenant. Qu'est-ce qu'il y a dans la « chambre d'amis » ?

— Je ne sais pas trop. Des colis, des prix que j'ai gagnés et que je n'ai jamais ouverts. Je les reçois et je les empile là-dedans en me disant que je les ouvrirai un jour.

— Quel genre de prix ?

— N'importe quoi… une cafetière, des livres, du savon, des vêtements, une bicyclette… C'est fou tout ce qu'on peut gagner quand on s'y met. Jusqu'à ton arrivée, je participais à tous les concours qui existaient : sur les boîtes de céréales, dans le métro, à la radio, par la poste, à la télé bien sûr…

— Et tu gagnes souvent à ce que je vois. (Elle pensait à la cuisine où ils avaient travaillé, qui était passablement remplie de colis laissés pour compte.) Finalement, tu n'es pas qu'un tricheur, tu es aussi passablement veinard. Non ?

— Ça n'a souvent rien à voir avec la chance. En fait, peu de personnes se donnent la peine de participer à ces concours et, en conséquence, les probabilités de gagner deviennent très élevées. Il faut surtout être assidu, y mettre le temps et les efforts nécessaires. J'ai déjà gagné trois t-shirts de suite de Tony le Tigre, quatre ensembles identiques de couteaux, sûrement une vingtaine d'horloges de table et je ne sais combien de dizaines d'abonnements à des magazines. J'ai même déjà eu la visite d'un *go-go boy*, que j'avais gagnée par mégarde, ayant oublié de vérifier l'enjeu du concours. Je l'ai fait livrer à ma députée, mais elle n'a guère apprécié.

Secours éclata de rire, accompagné dans son hilarité par une Marie-Belle ébahie par tant de nonchalante désinvolture. Il était vraiment fou et ce n'était pas sans lui plaire. Contrairement à tous les hommes qu'elle avait connus, et bien qu'il était visiblement sensible à ses charmes, il n'avait jamais tenté de lui faire la cour. À moins que cet humour cavalier fût sa façon à lui de la courtiser ? Si c'était le cas, Gilles Secours était, de loin, le prétendant le plus discret qu'elle ait jamais eu. Discret sur sa fortune, discret sur ses amours, discret sur sa vie, cet homme qui parlait beaucoup avait l'art d'éviter l'essentiel. À moins que son essentiel à lui soit tout autre que ce qu'elle avait, auparavant, connu.

11. LES JEUX DE L'AMOUR ET DU HASARD

Je tiens les hommes de tous les siècles pour ce qu'ils sont,
faibles, fourbes et méchants, trompeurs
et dupes les uns des autres.

JEAN LE ROND D'ALEMBERT

MENCHOURIAN AVAIT BESOIN D'AIR. Le casino lui coupait toujours le souffle par sa bêtise. Il franchit la première porte qu'il aperçut et se retrouva dans un fumoir extérieur. À son avis, c'était le seul endroit qui reflétait véritablement l'âme du casino. Sur un petit parvis de béton, on avait installé des bancs aussi faits de béton et quelques cendriers, également de béton. Le tout était cerclé de grillages et on pouvait distinguer avec difficulté le ciel blafard à travers le treillis. Ce n'était pas un fumoir, c'était une prison. Et bien que le joueur se soit cru à l'extérieur, il était toujours à l'intérieur, emprisonné dans le faux-semblant, coulé dans le béton. Les personnes qui s'y retrouvaient croyaient être des joueurs quand, en réalité, ils n'étaient que des perdants. D'inlassables perdants emprisonnés, condamnés à jouer un jeu mille fois perdu d'avance. Il s'assied sur un des bancs. Son voisin, à l'allure de celui qui aurait grand besoin d'un bain et d'une très longue nuit de sommeil, lui tendit une cigarette rouleuse faite d'un tabac de piètre qualité.

— Une indienne ?

— Pourquoi pas ? répondit Menchourian qui fumait rarement, sauf dans des moments de cafard épais.

S'allumant au briquet tendu par son voisin, il se dit intérieurement qu'il fallait être con comme les pierres pour venir jouer son maigre salaire au casino quand on était trop pauvre pour se payer des cigarettes dignes de ce nom. À peine sympathique à la misère de son voisin, il voulut tout de même connaître l'origine du mal.

— Vidéopoker ? s'enquit-il.

— Non, black-jack.

— Et qu'est-ce que ça donne ?

En guise de réponse, l'homme se mit à tousser, tout d'abord discrètement, puis de plus en plus fort jusqu'à s'étrangler et, finalement, cette toux se métamorphosa en sanglots. Se tenant le visage dans les mains, les coudes sur les genoux, il laissait s'échapper un raz-de-marée d'échecs, de doutes et de frustrations. Le spectacle était pitoyable. Puis, après plusieurs tentatives pour se ressaisir, il se leva et frappa le grillage qui le séparait du réel de toute la force qui lui restait.

— Je ne comprends pas, cracha-t-il en se retournant vers Menchourian et en s'essuyant le visage de ses mains. Ça devrait marcher ! Et pourtant, ça foire à chaque coup.

Il foudroyait Menchourian du regard comme s'il était l'artisan de sa défaite.

— Je ne sais pas trop si je vous suis, répondit l'Arménien de sa voix grave.

— Je suis actuaire. Vous savez ce que c'est ? Oui ? Alors, je sais compter ! L'équation est simple : 7, 11, 24, 51, 52 ! Trois nombres premiers et deux nombres naturels. Il n'y a plus qu'à l'insérer dans un modèle correspondant au nombre de jeux et plus on approche de la fin, plus c'est facile de compter. Je l'ai fait cent fois chez moi, ça fonctionne toujours ! Encore aujourd'hui, avec mon dix-neuf, j'aurais dû gagner. Pourtant, le croupier a eu vingt ! VINGT ! C'est MA-THÉ-MA-TI-QUE-MENT impossible !

L'homme était au bord de la psychose paranoïaque. Voulant redonner à son voisin quelques parcelles de sa dignité et voulant surtout s'éviter d'être le témoin d'une autre scène disgracieuse, il lança avec tout le calme dont il était capable :

— Et s'il n'y avait pas de 52 ?

Ses paroles eurent le même effet que si on avait annoncé à l'homme qu'il y avait treize mois dans une année.

— Comment ça, pas de 52 ! Pas de 52 ?...

— C'est simple. Quand un croupier constate que quelqu'un compte les cartes, il introduit dans le jeu un paquet de 51 cartes et fout votre équation en l'air.

— Mais c'est illégal, il triche…

— Compter les cartes aussi, c'est de la triche… Merci pour la cigarette.

Et Menchourian passa la porte, laissant le pauvre actuaire avec ses doutes et ses équations.

Puis, il regagna le parquet des vidéopokers. Littéralement soudés sur leurs tabourets, les joueurs semblaient être des automates qui répétaient inlassablement les mêmes gestes de façon synchrone dans un purgatoire meublé de sonneries et de néons criards. *Bienvenue au paradis des « losers »*, pensa-t-il à haute voix. *On vous a pourtant avertis! On ne cesse de vous le répéter : « Rien ne va plus. » Mais vous vous entêtez à ne rien entendre… C'est dans vos têtes que « rien ne va plus ».* Et il se tapa le front vigoureusement de son index et de son majeur réunis.

Du coin de l'œil, il aperçut le chef de la sécurité du casino qui venait vers lui. Baraqué comme un joueur de football, vêtu d'un costume trop étroit, l'homme chauve avait tout du physique de l'emploi. Tout, de sa démarche à son after-shave, disait : *Je suis un flic et qui s'y frotte s'y pique.* Il tendit à l'accordeur de piano une paluche immense.

— Vous avez le jouet? s'enquit-il.

— Bien sûr, répondit Menchourian sur un ton traînant qui trahissait sa lassitude. Et il sortit de sa poche un petit appareil qui avait la taille et l'apparence d'une calculatrice.

— Comment ça marche? grommela le mastodonte en agitant la main vers l'appareil.

— C'est un jeu d'enfant. Même vous allez être capable de vous en servir. C'est tout dire!

L'homme ne sembla pas relever l'insulte. Pour Menchourian, ce sombre individu était l'antithèse de tout ce en quoi il croyait. Opportuniste, menteur, manipulateur et sans honneur, cet ex-garde du corps avait croisé

Menchourian un peu partout au fil de sa carrière. Il vendait ses services au plus offrant, ne se gênant pas pour renier sa parole ou faire preuve d'une lâcheté grossière quand la situation l'avantageait. Menchourian le méprisait et ne lui cachait nullement son dégoût pour sa personne.

— Vous tapez d'abord le numéro de la machine à sous qui vous intéresse, puis vous appuyez sur « enter ». Une fois cette complexe opération complétée, vous introduisez un montant au choix et vous appuyez à nouveau sur « enter ». C'est tout. Au même instant, la machine désignée fera gagner à celui qui y joue la somme que vous avez choisie.

Ce disant, il entra sur sa pseudo-calculatrice le numéro d'une machine située à proximité puis il composa le chiffre 10 000. Au même moment, la machine en question se mit à carillonner et versa, comme il se devait, dix mille dollars à la grosse femme en robe fleurie qui y jouait. Menchourian arborait un étrange sourire que le chef de la sécurité renonça à déchiffrer. Une fois le vacarme provoqué par l'exploit de la grosse femme estompé, les deux hommes reprirent calmement leur discussion.

— Et si je veux m'en servir pour que quelqu'un perde, je fais quoi ?

— Vous voyez la petite touche en forme de cercle ici ? Menchourian indiquait le zéro. Vous n'avez qu'à l'enfoncer une fois et la machine ne payera plus un yen jusqu'à ce que vous appuyiez une nouvelle fois sur le huit couché. Et cette fois, il pointa le symbole de l'infini qui se trouvait au haut du clavier de son gadget. C'est tout ! Prenez-en bien soin, lança-t-il en guise de conclusion. C'est un prototype. Et que la fête commence ! Ah, oui… une chose. Faites donc mettre les pendules à l'heure, dit-il en pointant du doigt une horloge au mur. C'est énervant à la fin !

Menchourian remit son dispositif au cerbère et, sans le saluer, tourna les talons pour se perdre dans la foule apathique qui s'évertuait naïvement à croire aux vertus du hasard.

11. PEAUFINER L'EMBALLAGE

Dans les années cinquante, on se réunissait en famille pour regarder la radio. Aujourd'hui, l'image est tellement banalisée qu'on écoute la télé.

Pierre Bouteiller

Antonio Retondo, le détective maison de chez Robertson & Robertson, observait avec satisfaction sa propre image dans l'immense miroir biseauté de la salle de conférence. Il en connaissait la force tyrannique et s'appliquait, chaque fois qu'il le pouvait, à en prendre conscience, pour mieux l'utiliser. Il avait la certitude, acquise par l'expérience, que l'harmonie parfaite des traits et du corps confère à celui qui la possède une autorité indéniable sur ceux et surtout sur celles qui la convoitent.

Les deux patrons de l'agence le tirèrent de ses rêveries narcissiques en entrant dans la salle où allait se tenir un dernier briefing avant l'arrivée de Menchourian. Robertson et Lambert affichaient un contentement équivoque face aux résultats de la campagne qu'ils s'apprêtaient à transmettre à leur excentrique client. Robertson ne leva même pas les yeux de son dossier pour s'adresser à Retondo, tant il était stupéfait de ce qu'il y avait lu.

— Tony, je t'ai demandé de venir nous faire un rapport sur ton enquête en cours, car nous ne pouvons pas nous permettre de foirer ce coup-là. Si c'est une blague d'un de nos compétiteurs, la farce est vraiment en train de devenir plus grosse que la dinde ! Qu'as-tu appris sur le bonhomme ?

— Tout d'abord, je tiens à vous remercier, messieurs, pour la confiance dont vous faites preuve à mon égard. Ce privilège...

— Laisse faire l'intro de lèche-cul, Tony, on n'a pas le temps, l'interrompit Jacques Lambert. Arrive aux faits, OK ?

— Bon, répondit Retondo, résigné, en soulevant les épaules et en effaçant son sourire. Et il ouvrit son ordinateur portable. Ardavast Menchourian semble être excentrique, mais rien ne m'indique qu'il soit un facteur de risque pour notre entreprise. Si vous me passez ce déterminant possessif... Après vérification, il a une voiture, mais ne s'en sert jamais. Il se déplace toujours en taxi et ne choisit que des taxis conduits par des chauffeurs noirs qu'il hèle sur la rue. Il paye tout, toujours en argent liquide... fréquente beaucoup le casino, où il semble être un habitué. Comme vous le savez déjà, il est veuf. Selon toute vraisemblance, il aurait eu deux enfants. Une fille, décédée en bas âge de la tuberculose ou d'une quelconque maladie pulmonaire, et un fils, qu'il n'aurait pas vu depuis plus de vingt ans. Là-dessus, les témoignages sont contradictoires. Selon certains, le père et le fils se seraient violemment disputés lorsque le fils a décidé d'entrer en religion. Pour d'autres, il aurait quitté le pays pour la Roumanie ou la Bulgarie, du moins pour l'Europe, après cette dispute épique. Quoi qu'il en soit, le bonhomme n'a plus de famille. Il est reconnu pour ses opinions péremptoires autant que pour son altruisme. Je n'ai rien trouvé qui peut laisser supposer qu'il ait déjà eu des rapports avec qui que ce soit de l'industrie publicitaire. Par contre, il a des relations. Il est l'accordeur de piano de la femme du ministre des Finances et il a ses entrées dans le monde artistique. À titre d'exemple, son carnet de numéros de téléphone renferme celui du chef de l'orchestre symphonique ainsi que d'une douzaine de musiciens connus mondialement. Il n'est abonné à aucun magazine, ne lit pas les journaux, n'a évidemment pas de casier et n'a pas non plus d'animal de compagnie. Pas de vice ou de comportement reprochable et, finalement, il ne boit que du pastis. Ce disant, Retondo ne put réprimer une grimace de dégoût. Bref, le type est un peu bizarre, mais, somme toute, inoffensif. Fin du rapport. Et Retondo referma son portable.

— Et côté argent ?

— Là-dessus, il est comme plusieurs vieux immigrés que je connais ; son bas de laine est bien rempli, mais personne ne peut être certain de son contenu ou de sa provenance. Ça n'a rien d'inhabituel ou d'alarmant. Peut-être a-t-il trempé dans quelques combines dans sa jeunesse ou encore ses nombreuses visites au casino y sont-elles pour quelque chose ? Quoi qu'il en soit, son âge avancé et son absence de rapport avec qui que ce soit de louche me laissent supposer que nous n'avons vraiment rien à craindre de lui.

— Merci, Tony, conclut Robertson. C'est du beau travail et ça me rassure. En sortant, dites à Rebecca de faire entrer monsieur Menchourian.

Ardavast Menchourian fit son entrée dans la salle de briefing les bras grands ouverts comme s'il accueillait l'enfant prodigue à son retour. Robertson ne put s'empêcher de remarquer qu'il portait encore le même complet défraîchi et les mêmes chaussures que la première fois qu'il l'avait rencontré. Cependant, l'homme affichait un air des plus satisfaits et il souriait béatement.

— *Sh'norhavor lini*, messieurs. Bravo ! Félicitations ! lança-t-il comme entrée en matière. Votre charmante réceptionniste a eu la bonté de laisser filtrer des bribes d'informations. Si j'en crois ses dires, notre campagne va bien ?

Et, attendant une réponse, il joignit ses deux mains par le bout des doigts en les avançant devant son visage à mi-hauteur de ses yeux.

— Prenez le temps de vous asseoir, cher ami, rétorqua le président de Robertson & Robertson sur un ton doucereux. Effectivement, les nouvelles sont excellentes. Désirez-vous boire quelque chose ? Mon collègue et moi sommes prêts à vous faire un rapport complet sur le déroulement de la campagne.

— Avec plaisir. Vous avez du pastis ?

Lambert prit le téléphone et fit préparer le nécessaire par Rebecca, accompagné de deux martinis pour son comparse et lui-même. Une fois tout le monde servi, Robertson résuma le déroulement de la campagne : 454 panneaux publicitaires répartis sur les principaux axes routiers des grands centres, un message radiophonique en trois versions de trente secondes et quatre versions de quinze secondes diffusé principalement aux grandes heures d'écoute sur les trois plus importants réseaux, des espaces publicitaires dans les quotidiens ainsi que sur les afficheurs électroniques du métro. En tout, des milliers de points d'exposition brute, plus de 73 % de la population rejointe de façon quotidienne. Les sondages donnaient à NĀDA un indice de notoriété de près de 90 % et les commerçants étaient inondés de demandes pour le produit. On avait même dû poursuivre une entreprise qui avait tenté de commercialiser une solution biologique de nettoyage appelée NĀDA. Bref, la campagne était un succès total. Menchourian, heureux de tant de bonnes nouvelles, affichait une satisfaction et un amusement sans borne.

— Je crois qu'il serait difficile d'aller plus loin, affirma Robertson. À moins que nous décidions d'utiliser la télévision, chose que nous n'avons pas faite jusqu'à maintenant, à votre demande.

— Non, non, non, répondit vigoureusement Menchourian de sa voix grave en agitant les mains. Pas de télévision. Elle profère trop de mensonges et il faudrait, indubitablement, donner une image au produit. Par contre, messieurs, vous avez négligé la grande toile, le Net. Ce serait bien d'avoir un site Internet. Je trouve que ça fait… comment dire ? *IN !*

Lambert, qui s'amusait beaucoup à suivre cet étrange sexagénaire dans son rêve dérisoire, eut envie de pousser un peu plus loin le délire.

— C'est une excellente idée ! Nous pourrions mettre en ligne un site ne présentant que le nom du produit et la mention « en construction », tout en invitant les internautes à nous laisser leur courriel pour être les premiers à pouvoir se procurer NĀDA à sa sortie sur le marché. Cette stratégie augmenterait la demande en créant, chez les consommateurs, une véritable psychose de l'attente. Qu'en dites-vous ?

— Génial ! J'ai vraiment pris la bonne décision en vous confiant cette campagne. Vous êtes plus astucieux que vous ne le laissez paraître, monsieur… ?

— Lambert… Jacques Lambert.

— C'est vrai. Désolé. À mon âge, la mémoire, comment dire…

— Ne vous en faites pas. Je comprends. Cependant, je voudrais que vous saisissiez bien que le suspense ne pourra pas durer éternellement. Après un certain temps, le public va se lasser de ne pas savoir. À ce moment, vous devrez décider quoi faire de votre produit.

— Je suis convaincu que les gens de votre agence sauront me dire quand la farce aura assez duré. Peut-être qu'à ce moment-là il y aura un acheteur pour la marque NĀDA ? D'ici là, messieurs, je vous laisse travailler. Donnez-moi, dès que possible, des nouvelles de nos résultats sur Internet et… que Dieu vous garde.

Enfilant son pastis d'une seule traite, Menchourian prit congé des deux hommes, qui échangèrent un regard perplexe. Après tout, le bonhomme n'était peut-être pas si illuminé qu'il en avait l'air ?

12. SI LA VIE VOUS INTÉRESSE

Le meurtre suppose et couronne la révolte : celui qui ignore le désir de tuer aura beau professer des opinions subversives, il ne sera jamais qu'un conformiste.

EMIL MICHEL CIORAN

VINCENT GRENIER AVAIT QUATORZE ANS la première fois qu'il mit les pieds sur une base militaire. Un de ses amis l'avait invité à une activité portes ouvertes, organisée par les cadets à la base militaire de Saint-Hubert. C'est à cette occasion qu'il manipula pour la première fois une arme à feu. Couché à plat ventre, une vieille 303 modifiée en calibre 22 entre les mains, l'instructeur invita Vincent Grenier et une dizaine d'autres gamins à viser, comme il le faisait, une cible de papier située devant eux, à l'autre extrémité de la salle de tir. Au premier essai, Grenier avait obtenu un étonnant résultat de 88 % ! À la fois étonné et perplexe, l'instructeur indiqua à Vincent Grenier de ne pas céder sa place à un autre jeune homme, mais bien de rester sur place pour une deuxième salve de tirs, question de savoir si son surprenant résultat n'avait été qu'un coup de chance. Grenier réitéra son exploit avec un second score de 91 %. Heureux d'avoir découvert un tel talent, l'officier de la salle de tir se disait que si l'adolescent pouvait réussir un tel exploit avec un tromblon comme celui qu'il avait utilisé, il ferait assurément un malheur avec une arme de précision. On mit donc toute la pression possible sur ce futur champion pour qu'il joigne le corps de cadets et son équipe de compétition de tireurs d'élite. Grenier avait un don et il ne fallut que quelques mois pour qu'il devienne l'espoir numéro un en tir compétitif cadet pour l'est du Canada. Mais la discipline, la vie de groupe, l'uniforme et la langue anglaise omniprésente arrivaient difficilement à cohabiter avec la personnalité plutôt rebelle de Vincent Grenier. Ainsi, malgré le succès et la gloire relative que lui apportaient ses performances en compétition, il ne demeura au sein du corps de cadets qu'une seule année.

L'année de ses quinze ans, son père fut terrassé par un violent infarctus. Vincent Grenier se retrouvait donc orphelin de père, lui qui était l'aîné d'une famille de quatre enfants. À son grand étonnement, il ne parvenait pas à ressentir la perte qu'aurait dû provoquer la mort de son père. Plus spécifiquement, Grenier s'inquiétait de ne rien ressentir du tout devant la mort. En ces instants douloureux, son entourage le perçut comme un jeune homme fort et courageux qui savait réprimer ses larmes et son chagrin pour s'occuper vaillamment de sa mère et de ses frères et sœurs. Pour sa part, Vincent Grenier se demandait s'il n'était pas tout simplement dénué de sentiment et cette absence d'émotion lui laissait un goût amer d'angoisse.

Plusieurs mois après l'enterrement, le chagrin escompté n'était toujours pas au rendez-vous. Toujours intrigué par son absence de réaction devant la mort, Grenier tenta une expérience afin de mesurer son niveau d'insensibilité face à la grande faucheuse. Il plongea leur chat dans un baril d'eau de pluie, en referma le couvercle et s'assit dessus. Le pauvre félin se débattit de toutes ses forces pour tenter infructueusement de se hisser à la surface et d'échapper à la noyade. Grenier demeura calmement assis sur son baril tandis que le chat luttait frénétiquement, à la recherche d'une goulée d'air salutaire et ce, jusqu'à ce que la bête s'épuise et meure. Bien qu'il sût que son geste était cruel et injuste envers la pauvre bête, Vincent Grenier fut assailli par la même absence de sentiment que celle qui avait découlé de la mort de son père. Devant la mort, Vincent Grenier demeurait de glace. Même quand c'était lui et lui seul qui était le responsable et l'instigateur de cette mort, il n'arrivait pas à ressentir les émotions que toute autre personne aurait ressenties dans ces conditions. Ce ne fut pas un choc, mais plutôt une révélation, une constatation. Il était insensible à la mort comme il était champion en tir. C'était de naissance, conclut-il, un don naturel, voire un talent. Et comme on ne peut combattre un talent, Grenier se dit qu'il devrait composer avec cette anomalie inhérente à sa personne. Tout comme d'autres le font avec une vue défaillante ou une taille anormale.

Ce n'est que plusieurs années plus tard que Vincent Grenier renoua avec le tir. Devenu ingénieur depuis peu, il cherchait un moyen de se détendre et se rappela le sentiment de puissance froide que lui apportait le maniement d'une arme à feu. Il recommença donc à faire du tir, mais cette fois-ci, à l'extérieur du cadre militaire. Il devint membre d'un petit club de tireurs de précision qui occupaient le sous-sol d'une école primaire de la Rive-Sud. Grenier s'y rendait deux ou trois fois par semaine et s'offrait une demi-douzaine de cartons. Le calme presque religieux de l'endroit, résultant de la concentration des tireurs, contrastait de façon insolite avec le bruit des carabines et l'odeur d'enfer que laissait le souffre des munitions dans cette salle toute de béton.

Pour Grenier, reprendre le tir avait quelque chose de réconfortant. C'était renouer, en quelque sorte, avec une partie de lui laissée pour compte à la suite du décès de son père. Il ne fallut pas longtemps pour qu'on remarque ses performances malgré sa réticence à socialiser au sein du club. Plusieurs l'invitèrent à des compétitions amicales, ce qu'il sut toujours refuser avec tact et courtoisie. C'est lors d'une de ses visites au club qu'il fut abordé par un homme qu'il y avait aperçu à quelques reprises. Aussi solitaire que lui-même, sinon plus, cet inconnu était un des rares membres à tirer du revolver. Il arrivait toujours au club en costume trois pièces, n'adressait jamais la parole à personne, sauf pour les salutations de convenance, et utilisait une arme qui devait avoir coûté plusieurs milliers de dollars pour réaliser, chaque fois, des cartons presque parfaits. Il vint donc s'asseoir à la table où se trouvait Grenier, qui attendait son tour, et sans préambule, lui lança une question pour le moins chargée de sous-entendus :

— Vous savez que vous pourriez faire pas mal d'argent avec un talent comme le vôtre ?

Grenier se retourna vers son interlocuteur, surpris et intrigué. Souhaitant avoir mal saisi le sous-entendu, il répliqua :

— Ça m'étonnerait, il y a belle lurette que j'ai abandonné la compétition et je suis un bien piètre professeur.

— Vous savez très bien que je ne parle pas de compétition ou de cours. Mais prenez le temps d'y penser. Ce que j'ai à vous proposer est tout à fait légal, ou du moins, n'a rien à voir avec le crime organisé, si vous saisissez ce que j'essaye de vous faire comprendre. Je reviendrai vous voir la semaine prochaine et si vous êtes intéressé, nous pourrons poursuivre cet entretien plus en détail. Et ne vous en faites pas, si vous refusez mon offre, je ne vous importunerai plus jamais. Vous avez ma parole.

Et ce disant, l'homme rangea ses affaires et quitta le club sans saluer qui que ce soit.

Curieusement, Grenier ne fut pas choqué outre mesure de l'offre qui venait de lui être faite. Il était plutôt intrigué, fasciné par cette idée d'être une espèce d'ange de la mort. Se pouvait-il que ses deux talents, soit le tir et l'absence d'émotion face à la mort d'autrui, puissent finalement se conjuguer pour le prédisposer à ce rôle funeste ? Durant tout le week-end qui suivit cette rencontre, Vincent Grenier échafauda moult scénarios qui le mettaient en scène, l'arme au poing. Aussi sordides fussent-ils, nul ne suscitait en lui de la tristesse ou des remords. Au contraire ! Chaque mise en situation provoquait, au plus profond de son être, une sensation d'exaltation, proche des premiers frissons amoureux. Il se dit qu'il devait en être de même pour ceux qui trouvent leur vocation ou qui sont appelés au sacerdoce. Surpris de ses propres réactions et de son penchant soudain pour la clandestinité, il en vint à s'interroger sur sa santé mentale puis sur sa perception des notions mêmes de bien et de mal. Quoi qu'il en soit, la tentation l'emportait grandement sur ses interrogations et c'est avec un trac fou qu'il se présenta au club le mardi suivant.

L'homme en complet n'y était pas. Déçu, Vincent Grenier s'installa à la même table que la fois précédente et attendit, anxieux. Après tout, ce n'était peut-être qu'une farce ; peut-être son auteur arriverait-il plus tard, un sourire moqueur aux lèvres. Le responsable du club vint le saluer et ajouta :

— Monsieur le juge vous fait dire que si vous désirez le voir, il est à la terrasse du Relais Terrapin.

— Le quoi ? s'exclama Vincent Grenier, étonné par le titre dont le responsable venait d'affubler celui qu'il venait rencontrer.

— Le Relais Terrapin… vous savez ? Sur la rue Saint-Charles…

— Oui, bien sûr, s'excusa Grenier. C'est seulement que je ne savais pas que monsieur était juge. Et il se leva.

— Juge... Oui... Enfin, c'est comme ça que tout le monde l'appelle ici... Monsieur le juge. J'imagine que ça doit être vrai.

L'homme semblait soudainement incertain de ses propres dires et cherchait à se donner une contenance. Il poursuivit :

— Bon... Moi, j'ai fait le message. Excusez-moi, j'ai du travail.

Et il disparut dans son bureau.

Grenier sauta dans sa voiture et se rendit immédiatement au rendez-vous qu'on lui avait fixé. Contrairement à ce qu'on lui avait dit, le « juge » n'était pas sur la terrasse, mais bien à une table près du bar. Vincent Grenier prit le temps de jauger son homme, à mesure qu'il franchissait les quelques mètres qui séparaient l'entrée de la table où l'homme s'était levé, lorsqu'il l'avait aperçu. Le juge devait avoir un peu plus de cinquante ans, était presque aussi grand que lui, avait probablement les cheveux teints à l'exception des tempes et avait le port altier des êtres autoritaires qui ont l'habitude de frayer avec le gratin des décideurs de ce monde. Oui, il pouvait tout à fait être juge.

Celui-ci lui offrit une poignée de main juste assez ferme et l'invita, avenant, d'un geste de la main, à prendre siège.

— La terrasse était trop bruyante, j'ai préféré m'installer ici. Nous serons plus tranquilles. Alors ? Ma proposition vous intéresse, semble-t-il, puisque vous êtes là !

— Disons simplement que vous avez su m'intriguer... monsieur *le juge* ?

— Effectivement, monsieur le juge. C'est une de mes occupations. Je suis aussi une sorte de recruteur, mais seulement lorsque j'ai la certitude d'avoir trouvé un candidat, disons… idéal.

Le juge leva son verre en direction du serveur et interrogea Grenier du regard.

— Vous buvez quelque chose ?

— La même chose que vous… quoi que ce soit…

— Deux Chivas ! lança le juge au serveur. Et mettez ça sur ma note !

Une fois servi, le juge reprit la parole.

— J'ai tout de suite su que vous aviez tout ce qu'il faut : vous tirez comme un champion, vous n'avez pas de casier, vous êtes ingénieur et vous travaillez, de surcroît, pour une société d'État – ce qui vous donne une couverture idéale –, vous êtes bilingue et vous baragouinez un peu d'espagnol et d'italié, vous êtes nouvellement marié, mais n'avez pas encore d'enfants et finalement, vous affichez un sang-froid remarquable qui m'a immédiatement séduit.

Le magistrat avait prononcé cette tirade comme s'il se fût agi d'une sentence et Vincent Grenier demeurait estomaqué par la désinvolture avec laquelle elle avait été prononcée.

— On peut dire que vous avez été chercher vos informations ! Y a-t-il autre chose que vous savez sur moi et que j'ignore ?

— Rien d'important. Mais effectivement, nous avons vérifié vos antécédents et ils sont tout à votre honneur. Mais…

comme je suis attendu à la cour un peu plus tard, allons à l'essentiel : si vous acceptez de travailler pour nous, sachez que ce *nous* n'est rien d'autre que votre gouvernement. Bien que notre système judiciaire soit un modèle de protection du citoyen, il appert, parfois, que certains individus réussissent à utiliser sa lourdeur ou sa lenteur pour échapper à ce que nous appelons, faute de mieux, la justice. C'est lors de tels manquements que nous intervenons. Bref, nous ne faisons qu'accélérer et alléger un processus souvent inéluctable. Soyez rassuré, chaque fois que nous ferons appel à vous, et il en va de même pour tous vos collègues, vous recevrez un dossier complet sur les agissements de l'individu visé par notre action et les motifs qui justifient celle-ci. Vous pourrez donc choisir d'exécuter, ou de ne pas exécuter, le contrat proposé, selon votre âme et conscience. Comme nous travaillons en étroite collaboration avec plusieurs systèmes de justice en ce monde, la majorité de vos contrats seront à exécuter à l'extérieur du pays. C'est une simple précaution d'usage et un échange de bons procédés entre gens civilisés qui souhaitent conserver un équilibre relatif au sein de nos sociétés. Comme le travail exécuté nécessite des compétences peu communes, la rémunération est proportionnelle à l'acte, soit entre cinquante et cent cinquante mille dollars par contrat. Nous nous occupons de tout ; passeport, transport, couverture, mais, comme à la télévision, si jamais vous étiez débusqué et arrêté, nous nierions tout lien avec vous. Ce qui n'est pas comme à la télévision, par contre, c'est que vous ne pouvez pas choisir votre équipe. Vous travaillerez toujours seul. Nos contacts seront uniquement téléphoniques et votre pécule sera déposé dans un compte européen dont vous pourrez disposer selon votre bon vouloir. Nous pouvons aussi faire en sorte d'assainir cet argent en le transformant en gains tout à fait légaux, mais ça… je vous en reparlerai au moment voulu. Bref, on vous présente un dossier, si vous l'acceptez, on s'occupe de la paperasse, on vous envoie à l'étranger, vous y faites votre travail, on vous ramène, on vous couvre et on vous paye. Ce n'est pas plus compliqué que ça. Des questions?

— Oui. Pourquoi ne faites-vous pas affaire avec des militaires ou des policiers pour exécuter ce genre de travail? Il me semble que ce serait logique, non?

— Peut-être logique, mais fondamentalement inconfortable. Imaginez ce qui arriverait si un de nos hommes se faisait prendre et qu'on découvrait qu'il est un militaire ou un policier des services de renseignements canadiens! Ce serait tout à fait néfaste pour notre image et il faudrait être très inventif pour justifier ses actes. Tandis qu'avec des autonomes comme vous, nous pourrions toujours affirmer que vous n'êtes qu'un tueur à gages comme les autres, à la solde du crime organisé et sans aucun lien avec nous.

— Et si je refuse votre proposition, il m'arrive quoi?

— Bof, il n'arrive rien. Notre entretien n'a tout simplement jamais eu lieu. À moins que vous ne commettiez l'impair d'en parler à quelqu'un. Dans ce cas, vous auriez probablement un regrettable accident. Mais je connais bien la nature humaine et je sais que vous avez déjà accepté notre offre.

— Je deviens donc un meurtrier à la solde de l'État ?

— Oh là là… les gros mots ! Disons plutôt un assassin.

Le juge fit une pause et le regard au fond de son verre, fit tournoyer les glaçons de son scotch. Replongeant son regard dans celui de sa recrue, il enchaîna :

— Voyez-vous, il y a dans le mot « meurtrier » la notion de « meurtrir ». Or, nous ne vous demandons pas de faire du mal ou de faire souffrir qui que ce soit, au contraire ! Votre travail consiste simplement à faire disparaître certains éléments déviants de la société. C'est pourquoi je préfère de beaucoup le vocable « assassinat », qui réfère à la notion d'assainir, de nettoyer. Et nous effectuons ce nettoyage pour le bien de tous.

— Donc, nous sommes des assainisseurs très à cheval sur le vocabulaire…

— Il va sans dire.

13. LA VIE DE FAMILLE

C'est toujours pour l'Amour qu'on devient fou.
Ça doit être plein d'Amour parce que c'est plein de fous
tout partout.

SERGE FIORI

AU PÉNITENCIER DE SAINT-VINCENT, l'ensemble du personnel carcéral et des détenus était sur le qui-vive. C'était la journée du mois où, habituellement, la femme du Boss venait rendre visite à son époux. Généralement, cette visite était déterminante, car elle influençait, par son déroulement, l'humeur du Boss pour la dizaine de jours à venir. Si tout se passait bien, le Boss serait d'agréable humeur et, par conséquent, la vie serait plus facile pour tout le monde au pénitencier. Par contre, si « sa » visite s'avérait décevante, alors tous en subissaient les conséquences, gardiens et prisonniers confondus. Or, ce jour-là, Marie-Belle Davis était en retard. C'était la première fois qu'une telle chose se produisait et chacun craignait le pire. Contrairement au règlement, on avait amené le Boss à la salle des visites avant même que sa visite ne soit annoncée. Marcel Ryan se tenait donc là, assis seul à une table, mâchonnant le bâtonnet de son café, entouré de ses congénères qui s'entretenaient à voix basse avec leur visite. L'anxiété était palpable et personne, pas même le *padre*, n'aurait eu le courage d'aller déranger le Boss dans son silence couleur d'acier.

Près d'un quart d'heure s'était écoulé lorsque Marie-Belle fit son apparition au pénitencier. C'était chaque fois la même chose. Elle entrait de son pas altier, sous le regard ébahi des gardiens, en saluant tout un chacun d'un sourire à faire fondre une statue de sel. Sa présence en ces lieux dominés par l'absence de chaleur humaine et de beauté semblait totalement invraisemblable. Pourtant, elle s'y déplaçait comme si elle fût chez elle, insensible aux regards chargés de désir ou de dépit que déposaient sur elle tous ceux qu'elle croisait. Le visage du Boss s'illumina quand elle entra dans la salle des visites pour aller s'asseoir face à son homme. Pour Marcel Ryan, l'attente douloureuse qu'elle lui avait fait subir était déjà pardonnée. Il respirait enfin. « Toute-Belle » était là. Le patron du crime savait, depuis sa première rencontre avec Marie-Belle, qu'il était totalement incapable de lui en vouloir pour quoi que ce soit. Devant elle, il était désarmé, vaincu. Il ne pouvait rien lui refuser, tout comme il ne pouvait rien exiger d'elle. Il la prenait telle qu'elle était, quand elle daignait être là. Pourtant, Marie-Belle n'avait jamais abusé de l'envoûtement qu'elle exerçait sur le Boss, malgré l'évidence du désarroi qu'elle provoquait chez lui. Fasciné autant qu'il était renversé par le fait que Toute-Belle l'ait choisi entre tous les hommes de ce monde, Marcel Ryan avait fini par accepter cet état de fait sans chercher à comprendre. Parfois, il se remémorait cette histoire qu'il avait maintes fois écoutée, dans son enfance, sur un trente-trois tours, où le narrateur affirmait : « Quand le mystère est trop impressionnant, on n'ose pas désobéir. » Et il se disait que Saint-Exupéry avait dû connaître une histoire d'amour semblable à la sienne. Bien sûr, Marie-Belle était belle. Oh oui ! La plus belle des femmes qu'il ait jamais vues. Mais ce n'était que la préface d'une œuvre hautement plus complexe. Toute-Belle était aussi brillante, instruite, cultivée, et elle avait ce don unique qui lui permettait d'aimer tout le monde. Jamais il ne l'avait entendue proférer des paroles malveillantes ou même dures envers qui que ce soit. Elle avait toujours un bon mot pour chacun et savait trouver des perles là où la plupart des gens n'auraient trouvé que des orties. Il la considérait comme un être supérieur et craignait qu'elle ne se fane au contact du malappris qu'il était. Chaque fois qu'il lui avait fait part de ses appréhensions à son égard, elle avait éclaté d'un rire espiègle, affirmant qu'elle savait comment se défendre face aux petits garçons de la cour d'école. Abandonnant toute résistance, Ryan l'avait surnommée « Toute-Belle », car il n'y avait rien d'autre à dire. La beauté est, véritablement, une forme de dictature.

— Alors ? Comment ça se passe ? s'enquit Marie-Belle de sa voix d'éternelle collégienne.

— On ne peut mieux ! Comme tu peux le constater, c'est toujours Tommy Hilfiger qui nous habille (il désigna d'un geste flou de la main la chienne gris-vert sale qu'il portait en guise de tenue de bagnard) et sa nouvelle collection automne-hiver est des plus réussies. Bien sûr, la décoration reste assez sobre, je dirais que la tendance est au ciment cette année. Par contre, le service aux chambres laisse à désirer et notre nouveau chef cuisinier est un aveugle atteint de parkinson sévère. Son travail est très créatif côté assaisonnements.

C'était chaque fois la même chose. Marie-Belle lui posait d'entrée de jeu une question banale et le Boss y répondait par divers sarcasmes qui la faisaient s'esclaffer d'un rire bon enfant — une sorte de rituel pour briser la glace, pour atténuer ce que la situation avait d'insoutenable. Puis, on passait aux choses sérieuses. Depuis longtemps déjà, le couple avait cessé de s'inquiéter d'une possible écoute de leurs conversations. La prison, c'est aussi perdre sa vie privée. Alors, on se parlait à demi-mots. Surtout quand la situation prenait de l'importance.

— Et de ton côté, du nouveau ? enchaîna le détenu.

— Imagine donc que ma mère a découvert qu'elle avait probablement un oncle qui aurait vécu toute sa vie en Amérique, mais qu'elle n'a jamais connu, car il travaillait toujours outre-mer.

— Et que faisait-il, cet oncle, comme travail à l'étranger ?

— Crois-le ou non, il était exterminateur. Il a passé sa vie à éliminer de la vermine, mais pas n'importe laquelle. Il se spécialisait dans la chasse aux rats, aux très gros rats ; ceux qui font des ravages ailleurs qu'ici.

— C'est assez courant. On envoie chez nos amis nos meilleurs dératiseurs et ils nous prêtent les leurs. Comme ça, les rats n'arrivent pas à s'immuniser contre les moyens d'extermination. C'est très efficace !

— Intéressant. Comme il a probablement fait beaucoup d'argent grâce à sa profession, maman se demandait où un homme de sa trempe aurait choisi de placer son argent…

— C'est-à-dire ?

— Si tu voyageais beaucoup, s'il te fallait pouvoir mettre ta fortune en lieu sûr, loin de la vermine et malgré tout, dans un lieu à la fois sûr et facile d'accès, à qui la confierais-tu ? Si on retrouve la trace de ses opérations bancaires, ce sera plus facile de savoir si l'oncle de maman est toujours de ce monde, et peut-être même qui étaient ses employeurs. Tu connais l'intérêt de ma mère pour tout ce qui touche la famille !

— Je m'y connais très peu en affaires bancaires mais, si j'étais lui, j'aurais fait confiance à la Banque Canadienne Nationale ou à la Banque Provinciale. Dis-lui de chercher de ce côté-là.

Puis la conversation se poursuivit à propos de banalités. Leur échange avait permis au Boss de savoir que son étrange visiteur était un tueur à gages qui travaillait toujours à l'étranger et Marie-Belle avait un nouvel indice pour poursuivre ses recherches. Mais ce serait à Gilles Secours que reviendrait la tâche de déchiffrer les éléments du rébus.

En stationnant sa BMW à l'avant de sa chic résidence de Sainte-Julie, Vincent Grenier perçut immédiatement que quelque chose n'allait pas. Le silence était pesant. S'avançant dans l'allée, il remarqua une absence. Nul parfum ne provenait de la résidence familiale malgré l'heure du repas. Ce qui signifiait que Maria, la cuisinière, avait dû recevoir un congé de dernière minute de la part de sa patronne, Geneviève Molinier, l'épouse de Grenier. C'était un mauvais présage. L'orage était dans l'air. Madame Grenier n'avait pas que son patronyme qui provenait du sud de la France. Son caractère aussi, était très latin, et quand elle s'emportait, elle le faisait avec toute la fougue du Midi et considérait ces esclandres comme relevant de la plus pure intimité familiale. Ce qui expliquait l'absence voulue de Maria. Vincent Grenier ne craignait ni la mort, ni la pègre, encore moins la police ou l'État, mais redoutait au plus haut point les colères de cette femme d'un mètre quatre-vingts qu'il avait épousée il y a belle lurette. Car les colères de Geneviève n'étaient jamais que le préambule d'une effroyable série de conséquences qui variaient dans le spectre à partir de la simple bouderie puérile jusqu'aux menaces fracassantes d'un retour vers la mère patrie. Grenier aurait volontiers tourné les talons pour fuir, mais ses années passées auprès de cette grande rousse toute en jambes lui avaient appris que la fuite était inutile. Chaque homme doit faire face à son destin et celui de Vincent Grenier était présentement dans une colère royale.

Ayant à peine franchi le pas de la porte, la foudre s'abattit sur lui avec un fort accent du Midi. Or, Vincent le savait, plus l'accent était prononcé, plus l'emportement était farouche. Avec le temps, il en était venu à s'en servir comme d'un baromètre pour graduer les émotions de sa femme. À en juger par l'accent et le ton, nous en étions à un niveau dix, l'extrême, sur l'échelle Molinier.

— Notre seule fille ! Comment as-tu pu ?

— Pu quoi ?

— Ne joue pas au malin avec moi, Vincent Grenier ! Notre propre fille se fait enlever par deux goujats qu'elle voit, par ailleurs, se faire flinguer devant son nez, et toi, toi, tu m'envoies faire des courses avec ma mère ! Me prends-tu pour une sotte ? Crois-tu vraiment que notre pauvre Stéphanie aurait été capable de me cacher une chose semblable ! Bon Dieu de merde, à quoi tu joues ?

— Je ne joue à rien, j'ai simplement essayé de faire de mon mieux. Je ne voulais pas que ta mère…

— Ne mêle pas ma mère à ça ! Et veux-tu bien m'expliquer, à travers toute ta logique, pourquoi, oui, pourquoi n'as-tu pas immédiatement appelé la police ? !

Sachant qu'il devrait, un jour ou l'autre, rendre des comptes, Vincent Grenier s'était préparé une parade.

— Parce que je craignais pour la sécurité de la petite. En fait, dès que j'ai reçu l'appel des ravisseurs, j'ai tout de suite contacté le responsable de la sécurité de la compagnie. C'est un collègue en qui j'ai pleine confiance et qui s'y connaît plus que quiconque en gestion de crise.

— Ah ! pour gérer, il gère ! *Pan ! Pan !* Et devant la petite, s'il vous plaît. On ne fait pas dans la dentelle à ce que je vois. Je commence à m'inquiéter sérieusement de la santé mentale de tes collègues. Non, mais ce n'est pas le Far West ici, Vincent, c'est le Canada, si tu ne l'as pas remarqué. On ne flingue pas les gens comme on se fait une assiette de cassoulet !

— Mais je ne pouvais pas savoir qu'il…

— Comme tu ne sembles pas être en mesure de saisir l'ampleur de la situation… Quoi qu'il en soit, Stéphanie est déjà à l'hôtel avec maman et j'ai pris des billets pour Paris pour nous trois. Nous partons dès ce soir. Toi, puisque tu tiens tellement à terminer tes précieux dossiers au travail, tu viendras nous rejoindre, si le cœur t'en dit, dès que tu auras fini de jouer aux cow-boys et aux Indiens, ou quand tu auras retrouvé un semblant de maturité et de raison. Moi, je ne mettrai pas notre sécurité en jeu une seconde de plus !

Effectivement, Grenier avait prétexté une nécessaire passation des pouvoirs au bureau, pour ne pas prendre immédiatement un congé définitif de son prétendu employeur. En réalité, il attendait avec anxiété que celui-ci veuille bien décrocher, une fois pour toutes, le licou qui le retenait prisonnier.

Geneviève et Stéphanie s'étaient envolées pour aboutir quelque part dans le sud de la France. C'était, somme toute, une bénédiction, car cette distance lui laisserait les coudées franches advenant un revers des événements. Et

Grenier craignait le pire. On lui avait parlé d'une « toute petite » dernière tâche à accomplir et son instinct sonnait l'alarme.

14. PHILÉMON WISEMAN

Il vient un jour pour chacun de nous où les jeux sont faits.
Il ne s'agit plus ce jour-là de songer à de nouveaux
départs, mais de considérer où l'on est arrivé.

ANDRÉ ROUSSIN

GILLES SECOURS ET MARIE-BELLE poursuivaient leur enquête. L'indice fourni par le Boss n'avait pas de véritable sens au premier regard. La Banque Canadienne Nationale et la Banque Provinciale étaient, toutes deux, des institutions financières qui n'étaient plus en activité. Elles avaient fusionné depuis plus de vingt ans et opéraient peu au niveau international. Il fallait donc s'inspirer de cette réponse pour savoir où chercher, plutôt que de la prendre à la lettre. L'information redonna un élan de vigueur à Secours, qui commençait à perdre son enthousiasme pour l'enquête. Avec un nouveau casse-tête à déchiffrer, il se sentait à nouveau maître de la situation.

Il fallait chercher, dans l'histoire des firmes bancaires européennes, des institutions financières qui avaient vécu une fin semblable à celle des banques citées par Marcel Ryan. Internet et son infinie source de données allaient être mis à profit. Marie-Belle, pour sa part, se sentait bien inutile à regarder Secours tripoter ses claviers.

— Et si on téléphonait à notre espion ? dit-elle en s'extirpant du fauteuil inconfortable où elle croupissait depuis trop longtemps. Nous lui avions dit que nous prendrions des nouvelles aujourd'hui. Il a peut-être du nouveau ?

— OK. De toute façon, j'ai besoin d'une pause. Mes yeux veulent quitter leur orbite à force d'être imprimés sur l'écran.

Empoignant le combiné du téléphone, il composa le numéro du téléphone portable de l'itinérant qu'ils avaient laissé en vigile près du métro. Après trois brèves sonneries, une voix féminine répondit :

— McGill Faculty of Science ?

— Pardon ? répondit Secours, bien plus par surprise que parce qu'il n'avait pas compris ce qu'avait dit la dame. Celle-ci poursuivit dans un français légèrement teinté d'un accent anglophone :

— Vous êtes à la faculté des sciences de l'Université McGill. Que puis-je faire pour vous ?

— Excusez-moi. J'ai dû commettre une erreur. Je voulais joindre un vieux monsieur à son numéro de téléphone cellulaire mais j'ai...

— Oui. C'est sans doute le professeur Wiseman. Il m'avait avisé que vous deviez téléphoner. Ne quittez pas, je vous le passe.

Et avant même que Secours ait eu le temps de réagir, il entendit dans le combiné la petite musique qui lui signifiait qu'on l'avait mis en attente. Presque immédiatement, on décrocha de nouveau.

— Wiseman !

Gilles Secours, ahuri, reconnut la voix de son compteur de cure-dents.

— Bonjour, monsieur… Wiseman ? C'est moi, celui qui vous avait demandé de surveiller le grand monsieur blond. Vous vous rappelez ?

— Bien sûr, jeune homme ! J'attendais votre appel. C'est bon comme trouvaille, non ?

— Quoi ? Qu'est-ce qui est bon comme trouvaille ?

— Mais mon nom, voyons ! Wiseman. Ça sonne bien pour un scientifique. Ça fait chic. Wiseman. *Wise man*, ça veut dire « l'homme sage ».

— Parce que vous ne vous appelez pas Wiseman ?

— Ça va de soi. Pas plus que je ne suis prof à McGill. C'est pour rire, une boutade, un calembour. J'adore me déguiser et trouver un nom qui colle au personnage. Ici, j'ai eu tout de suite du succès. J'ai l'allure et le nom d'un savant, alors… je suis un savant. Vous, comme vous ne savez toujours pas comment m'appeler, appelez-moi Philémon. Oui, oui, c'est ça. Philémon, parce que j'adore les citrons et que Philémon, c'est *Phil*, ce qui veut dire « qui aime », en grec, et *lemon*, qui signifie « citron ». Écoutez ça : Philémon Wiseman ! C'est génial. Le patronyme idéal pour un savant fou. L'homme sage qui aime les citrons. C'est bien moi. Vous savez, les agrumes ont quelque chose d'universel, de cosmopolite…

Et Wiseman se lança dans un discours à la fois décousu et érudit sur l'influence des agrumes au sein du néolibéralisme. Secours espérait que le vieux finisse par prendre son souffle entre deux phrases.

— Excusez-moi de vous interrompre, mais vous deviez me faire un rapport.

— Évidemment. Excusez mon enthousiasme, je m'amuse tellement. Alors voici. Laissez-moi ouvrir mon calepin de notes. Non pas que j'en aie eu besoin, j'ai une mémoire phénoménale, mais je me suis laissé prendre au jeu et un carnet de notes, noir de surcroît, ajoutait au romantisme de la situation, si vous voyez ce que je veux dire.

Wiseman se mit alors à décrire l'ensemble des allées et venues de Grenier, en spécifiant l'heure et la date de chacune de ses observations, qu'il avait numérotées en ordre chronologique. L'aspect le plus surprenant de son rapport était sans contredit qu'il précisait chaque fois la profession de la personne qui accompagnait Grenier.

1. Lundi, 14 h 18 : dîner avec un haut fonctionnaire et un comptable, au resto Chez Émile, en face de l'immeuble. Discutent argent.

2. Lundi, 16 h 56 : sortie de l'immeuble avec un policier en civil. Ne parlent pas. Viennent de terminer quelque chose.

3. Mardi, 07 h 43 : arrivée à l'immeuble avec un élu, en taxi, Diamond n° 124. Se connaissent depuis longtemps.

4. Mardi, 11 h 30 : rencontre dans le portique avec un informaticien et une ingénieure. L'informaticien présente la nouvelle ingénieure à Grenier.

La liste, exhaustive, à en juger par son ampleur, s'étendait ainsi sur plusieurs jours. Il s'arrêta après la lecture de la note numéro 46.

— Voilà, c'est tout. Des questions ?

Secours avait d'abord pris quelques notes puis avait abandonné l'exercice devant l'ampleur des détails et de la liste. Il demeurait cependant perplexe quant à leur véracité, compte tenu de leur trop grande précision.

— Oui, effectivement, j'ai une question. Comment faites-vous pour déterminer l'occupation de chacune des personnes que Grenier a rencontrées ?

— Le costume, voyons, jeune homme, le costume ! Ça va de soi. Ces gens-là, ils se rendent tous anonymes de la même manière de façon à pouvoir se reconnaître entre eux.

— Bien sûr, répliqua Gilles Secours, interdit par l'absurdité et la justesse de la réponse. Quelle question idiote… Et pour Grenier, vous avez une idée de sa profession ?

— J'avoue que celui-là, il m'a donné du fil à retordre. J'ai hésité entre funambule et embaumeur. Mais j'imagine que c'est un peu des deux. Quoi qu'il en soit, il joue un jeu hasardeux qui implique l'équilibre entre la vie et la mort. Sa vie ne tient qu'à un fil, bien que ce fil-là soit encore solide. Mais pour combien de temps ?... Je voulais aussi vous dire de laisser tomber pour les Peter Jackson. Achetez-moi plutôt une boîte de tabac Caledonian Flake, je me suis mis à la pipe… ça fait plus scientifique.

— Et plus détective aussi, non ?

Secours fit un résumé de son entretien à sa belle camarade d'enquête. Ils avaient désormais la certitude que Grenier frayait avec les plus hautes instances du milieu politique et de la fonction publique. Bref, d'une façon ou d'une autre, il était à la solde de l'État. Une constatation pour le moins renversante quand on réalisait la vraie nature de ses fonctions. Il ne restait plus qu'à le prouver en identifiant la source de ses revenus. Retour à la case départ en fonction de l'indice fourni préalablement par le Boss.

Secours refit donc, au grand dam de Marie-Belle, une nouvelle recherche Internet sur le monde bancaire. Il assumait, comme point de départ, compte tenu du champ d'action de Grenier, que la banque en question n'était pas canadienne, mais bien européenne. Malheureusement, les résultats demeuraient flous. Il pataugeait dans une mer d'informations disparates qui le ramenait invariablement à des firmes américaines.

— C'est la poisse ! Trop d'infos, c'est comme pas d'info. Je tourne en rond.

— Qu'est-ce que tu cherches ?

La voix de Marie-Belle semblait parvenir des limbes.

— Viens voir. Ce sera plus simple. (Elle vint se placer, encore une fois, derrière lui. Suffisamment près pour l'effleurer et provoquer, à nouveau, un frisson.) Tu vois, je fais une recherche sous « Europe + fusion + bank + history » et j'obtiens une espèce de macédoine de données qui ne mène nulle part.

— Pour moi, il n'y a rien à comprendre dans ton chinois anglophone. Pourquoi n'essayes-tu pas simplement de trouver les banques européennes qui ont fusionné ?

— Mais c'est ce que je fais ! Non ?

Secours était excédé.

— Pousse-toi.

D'un geste à la fois gracieux et péremptoire, Marie-Belle délogea Secours de sa chaise et vint s'installer au clavier de l'ordinateur. Elle entra « banques européennes fusionnées » dans l'outil de recherche et appuya sur « enter ». Après une très brève pause, la machine se mit à cracher ses informations. À la septième rubrique on pouvait lire : *La fusion du Crédit Lyonnais et du Crédit Agricole*. S'ensuivait une série d'informations sur le rôle du Conseil d'État dans cette fusion et la participation technique de la Banque de France. Ça collait ! On retrouvait, dans les informations diffusées, à peu près le même scénario que celui vécu par les deux banques canadiennes citées par l'époux de Marie-Belle. Secours avait tout simplement été victime d'une mauvaise habitude très répandue chez ceux qui naviguent beaucoup sur Internet. Il avait assumé obtenir plus d'informations en faisant une recherche avec des termes anglais et Marie-Belle avait démêlé l'imbroglio, simplement en cherchant dans la langue de Molière. Le Crédit Lyonnais s'avérait un endroit par excellence pour y dissimuler à la fois des avoirs et une identité. Emmêlé dans un processus de fusion déconcertant, il s'avérait presque impossible de retrouver un compte au sein de ce monstre en crise d'identité. Secours était aux anges. Enfin une base de données à pénétrer ! Enfin du travail concret et un objectif palpable, quantifiable. Après quelques heures dévolues à un combat épique entre son clavier et les divers outils de sécurité de l'ancienne banque et de la nouvelle, une liste décryptée s'afficha à l'écran. Secours criait victoire.

— Belote et rebelote ! chère madame. Il y a effectivement un virement de fonds de trois millions deux cent mille dollars qui a été fait à cette banque le jour où Grenier a remporté son gros lot. On a, en plus, la liste de tous ceux et celles qui possèdent un compte dans cette banque et qui ont une adresse en sol canadien. Y a du beau monde ! Huit d'entre eux ont encaissé, le jour même, chacun quatre cent mille dollars. Bref, le dépôt a été subdivisé.

Il se mit à faire la nomenclature des personnes apparaissant à l'écran.

— Il y a des noms intéressants : Ouelette, le ministre des Finances ; Thompson, le PDG de la Société des loteries ; Robertson, le King de la pub... Bélanger et Pierre, de la firme de vérification comptable du même nom... Mais pas de Vincent Grenier. C'est normal, lui, il a déjà encaissé sa part du gâteau. Outre les huit dont je t'ai parlé, une vingtaine de personnes semblent trouver opportun de confier leur pactole à une institution bancaire disparue. Malheureusement, je n'arrive pas encore à identifier l'origine du trois millions deux cent mille dollars. Mais ça viendra. Par contre, un des membres de la liste se distingue, car l'argent sort à grands flots de son compte plutôt que d'y entrer... Un certain Manchou truc chose...

Marie-Belle releva la tête.

— Manchou quoi ?

— Euh... Manchou...rian. Ar-Da-Vast Menchourian, dit-il en articulant chaque syllabe. Il n'est sûrement pas du Lac-Saint-Jean celui-là !

— Non, il est Arménien. Je le connais. Il collabore depuis longtemps avec mon mari.

❦

— *Ouelette ?*

— *Yes.*

— *Thompson speaking.*

— *I know.*

— *Listen. The phony winner has gone too far. Same for the cleaner. Do something.*

— *You're one step behind this time, pal. Orders have already been given for both of them.*

— *Glad to hear that.*

— *It will be over in less than twenty-four hours.*

15. CARTES SUR TABLE

L'honnêteté est la plus grande de toutes les malices, parce que c'est la seule que les malins ne prévoient pas.

ALEXANDRE DUMAS FILS

GILLES SECOURS ÉTAIT AU BORD DE LA CRISE DE NERFS. Il ne pouvait croire qu'il ait consacré tout ce temps à chercher des informations, au risque d'y laisser sa peau, alors qu'une personne qui connaissait bien Marie-Belle aurait pu les éclairer, dès le départ, sur toute la ligne.

— Mais je ne pouvais pas savoir que Manny était impliqué là-dedans ! C'est un petit vieux tout à fait charmant qui travaille au casino.

— Qui ?

— Menchourian. Les gens l'appellent Manny, c'est plus court. Et n'allons pas trop vite. Il n'est peut-être pas impliqué directement dans le blanchiment d'argent. Tout ce qu'on sait, pour l'instant, c'est qu'il a un compte dans la même banque que ceux que tu m'as nommés plus tôt.

Marie-Belle proposa une rencontre entre Menchourian et Secours, question d'éclaircir la situation. Rejoint au téléphone, celui-ci se montra, comme à l'habitude, affable et accepta de se rendre chez Secours en fin d'après-midi. Dès qu'elle eut raccroché, Marie-Belle se mit à ranger l'appartement, qui en avait bien besoin car, comme elle l'expliqua à Secours en l'invitant à faire sa part, Menchourian détestait le désordre. C'était une question de respect envers le vieillard, qu'elle considérait un peu comme un père. Elle le connaissait bien. Manny, comme elle l'appelait, aurait très bien pu rebrousser chemin s'il était entré dans l'appartement dans l'état où il se trouvait en ce moment. Il avait ses caprices.

Dès son entrée, Ardavast Menchourian réprimanda Marie-Belle. Il avait tout de suite détecté l'odeur de ses cigarettes et il lui reprochait, affectueusement, cette vilaine habitude. L'accolade fut néanmoins empreinte de tendresse. Puis, s'adressant à Gilles Secours, il lui tendit la main en disant : « Qui que vous soyez, sachez que les amis de Toute-Belle sont aussi mes amis. Cette femme, qui est l'objet de toute mon admiration, a l'intelligence des gens. Peu sont dignes de son amour et pourtant, elle l'offre avec générosité. Puissiez-vous être à la hauteur d'un tel privilège. Que puis-je pour votre service ? »

Marie-Belle prit sur elle de résumer les éléments principaux de leur enquête, qui avait abouti à la découverte d'un compte de banque à son nom, au défunt Crédit Lyonnais devenu la Société Générale. Elle lui fit voir, à l'écran, la liste de ceux et celles qui partageaient cette situation.

— Et vous voulez savoir d'où vient l'argent, je suppose ?

— On ne peut être plus exact, rétorqua Gilles Secours.

Ardavast Menchourian hésitait. Il passa la main sur sa tempe puis fit mine de se déboucher une oreille avec son auriculaire.

— Vous avez mis votre nez dans un foutu panier de crabes, les enfants. Il n'est pas toujours bon d'être aussi curieux… et habile. Je connais à peu près tous les types qui sont sur votre liste. Ceux que je ne connais pas, n'importe quel abruti pourrait déduire aisément de qui il s'agit, par simples corrélations. L'argent que vous avez trouvé provient tout simplement… du gouvernement. C'est dans ce compte qu'on me paye pour les services que je ne suis pas censé avoir rendus. Ce compte-là, c'est une façon de faire disparaître ce qui n'apparaît jamais sur mes déclarations de revenus.

— La roulette ? s'enquit Marie-Belle.

— *Eskouch!* Attention ! Pour tous, y compris le ministre, je ne suis que l'accordeur de piano du casino. Tu avais mis ton ami au courant ?

— Non, non, intervint Gilles Secours. Mais pas la peine de me faire un dessin, je pige.

Il était évident que Menchourian était inquiet. En quelques mots, il leur fit comprendre que le travail clandestin qu'il accomplissait n'était aucunement lié aux noms qui apparaissaient sur la liste informatique, ce qui supposait que ces gens-là trempaient dans une autre histoire, probablement beaucoup plus louche que ses petites modifications mécaniques. De plus, les personnes listées avaient encaissé, en quelques années, bien plus que ce qu'il avait gagné en dix ans.

— Nous savions, dès le départ, que vous n'étiez probablement pas lié à ces individus, le rassura Secours en lançant un regard complice à Marie-Belle. Vous êtes la seule personne qui ait fait des retraits dans son compte plutôt que de simplement y accumuler une petite fortune. Si je ne m'abuse, vous avez encaissé plus de cent cinquante mille dollars ces dernières semaines ! Serait-il indiscret de vous demander pourquoi ?

Le visage de Menchourian s'illumina d'un air triomphant. Il prit une profonde inspiration, regarda ses mains osseuses grandes ouvertes et lança de sa voix grave :

— Pour l'art, mon ami ! Pour l'art. Une gigantesque œuvre d'art subversive sur le néant. J'ai commandé une campagne publicitaire nationale à propos de rien. Du RIEN absolu ! NĀDA ! Que ceux qui ont des yeux pour voir voient ! J'ai placardé la ville d'immenses affiches qui rappellent au bon peuple où se cache le vide : un Nāda juste à côté de l'édifice de Radio-Canada, un Nāda juste en face du bureau du premier ministre, un Nāda à l'entrée du casino, évidemment, plusieurs Nāda à chaque entrée de la ville de Montréal et de la capitale, un autre Nāda sur l'édifice de *La Presse*...

Marie-Belle et Gilles Secours étaient totalement obnubilés par le discours de Menchourian. L'Arménien avait pris des allures de prédicateur américain et sa fougue faisait oublier son apparence et son âge. Ils avaient devant eux un jeune homme en colère contre un Dieu omnipotent et qui célébrait sa victoire.

— Partout où on nous ment, partout où l'immobilisme et la stagnation ont été érigés en système, un immense NĀDA est apposé. C'est la même chose à la radio et dans les journaux. Normal que cela ait coûté cher, le vide est partout. Et le public en redemande. La campagne est un franc succès. Des milliers de consommateurs veulent se procurer du Nāda, sans même savoir de quoi il s'agit, sans même réaliser qu'ils en sont déjà gavés, comme les oies innocentes et sacrées d'un système qui déifie le néant absolu. Mais il n'aura pas été dit qu'Ardavast Menchourian mourrait sans avoir démasqué l'imposteur, ne serait-ce que pour une minorité qui arrive à surmonter la cécité générale. C'est mon testament, mon legs aux borgnes survivants, dans ce monde d'aveugles.

Le vieillard, à bout de souffle, plongea son regard dans celui de son auditoire, à la recherche d'une quelconque approbation.

— Il ne faudrait tout de même pas vous enterrer avant l'heure, Manny.

La voix qui avait proféré ces paroles prophétiques parvenait du fond de la cuisine. Tous se retournèrent dans un mouvement synchrone pour apercevoir Vincent Grenier qui se tenait là, debout, au fond de la pièce. Marie-Belle et Secours affichaient une expression de stupéfaction totale. C'est Menchourian qui brisa le silence qu'avait imposé cette apparition quasi fantomatique.

— Vincent ! Quelle heureuse surprise. Vous êtes des nôtres depuis longtemps ?

— Suffisamment pour avoir saisi l'idée générale de votre œuvre, mon ami. *Rebonjour*, madame, dit-il en s'adressant à Marie-Belle avec un sourire taquin. Vous êtes beaucoup plus ravissante sans votre châle de l'autre jour.

L'interpellée, réalisant qu'elle avait été démasquée dès les premiers moments de leur enquête, resta sans voix, sans même remarquer le compliment qui lui était adressé.

Pour Gilles Secours, l'apparition soudaine de cet homme chez lui était de mauvais augure et il était tiraillé entre deux émotions. Dans un premier temps, son souvenir de l'épisode avec Grenier lui donnait à nouveau froid dans le dos et il craignait de nouvelles représailles à sa tentative d'incursion dans les secrets de celui-ci. Il était également fort en colère de réaliser que la situation lui échappait à nouveau. À son grand dam, les acteurs de l'histoire dans laquelle il était impliqué semblaient tous se connaître, d'une façon ou d'une autre, le laissant ainsi seul à patauger dans le mystère. C'est la colère qui l'emporta sur la peur.

— Parce que vous vous connaissez ? tonna Secours en s'adressant simultanément à Grenier et à Menchourian. Puis, se tournant vers Marie-Belle : Est-ce que je pourrais être mis dans le coup, moi aussi, une fois de temps à autre ?

— Rassurez-vous, jeune homme, répondit Menchourian. Si je ne m'abuse, nous avons chacun en main des cartes qui manquent aux autres joueurs. Approchez, Vincent. Et il serait sans doute sage de faire profiter à tous des atouts dont nous disposons. Pour ma part, je connais monsieur Vincent depuis des lustres et nous avons souvent collaboré dans le passé. Mais c'est de l'histoire ancienne. Maintenant, je lui prête parfois ma voiture, mais sans plus. Et vous, Grenier ? Qu'avez-vous à dire pour éclairer nos lanternes ?

C'est ainsi que Vincent Grenier fit part aux trois autres protagonistes du déroulement de ses vingt-quatre dernières heures. Conformément à ce qu'il avait présagé, son employeur lui prescrivit un dernier contrat à exécuter avant de le libérer définitivement des liens clandestins qui les unissaient. Or, cette exécution-là n'avait rien en commun avec celles qu'il avait menées par le passé. La cible était canadienne, l'action devait se dérouler également en sol canadien et le motif de cette « transaction », soit la menace à la sécurité pour cause d'incursion informatique, ne ressemblait en rien à ce qu'on lui avait demandé au cours de sa carrière. Mais c'est la cible elle-même qui convainquit Grenier de l'aspect tordu du contrat. Il devait éliminer Gilles Secours. Ça ne tenait pas la route. Tout cela sentait le guet-apens. Il avait donc suivi les indications de son contrat pour trouver Secours puis s'était faufilé par les toits, de façon à tromper la vigilance de tous, pour aboutir là où il était, ici avec eux.

— Mais, voulez-vous bien me dire ce que vous avez débusqué pour qu'on souhaite faire disparaître aussi radicalement un petit péquenaud comme toi ?

C'était joindre l'insulte à l'affront. Mais Secours n'eut pas le temps de répondre. Menchourian lança dans un souffle :

— Le Crédit Lyonnais…

— Ouch ! Alors là, je m'excuse. Mon cher Secours, tu n'es pas un péquenaud, loin de là. Tu es un génie... ou un con... Qu'est-ce qui t'a pris d'aller mettre ton grand nez là-de-dans ? ! Tu es fatigué de la vie ?

C'est Marie-Belle qui, n'y tenant plus, répondit aux invectives de Grenier tout en jetant son mégot par terre, au risque de mettre le feu à la pièce et au bâtiment entier.

— Tout ça, c'est votre faute ! C'est vous qui êtes allé menacer mon mari dans sa cellule et si vous n'aviez pas joué les grands mariolles, rien de tout cela ne serait arrivé.

Les yeux bleus de Grenier s'ouvrirent tout grand.

— Parce que vous êtes la femme de Marcel Ryan !

— Le Boss lui-même. C'est lui qui a chargé Gilles de découvrir qui vous étiez et, de fil en aiguille, nous avons découvert...

Marie-Belle fut à son tour interrompue dans son discours par le chant de l'escalier qui menait à l'appartement de Secours. L'alarme était donnée. Ouvrant simultanément plusieurs écrans de surveillance, Secours fit apparaître, sur les moniteurs de ses ordinateurs, divers groupes d'hommes qui s'apprêtaient à s'introduire dans l'immeuble. Tous regardaient attentivement le spectacle qui se déroulait en temps réel sous leurs yeux, grâce aux caméras de surveillance.

— Des policiers en civil, un peu plus d'une douzaine. Il y en a partout, commenta Gilles Secours.

— Comment savez-vous que ce sont des flics ? s'enquit Menchourian.

— Ils se rendent tous anonymes de la même manière, répondit Secours.

— De façon à pouvoir se reconnaître entre eux, enchaîna Marie-Belle avec un sourire complice à l'égard de son compagnon d'enquête.

Grenier sortit un 9 mm de sous son veston ainsi qu'un plus petit calibre qu'il tendit à Marie-Belle.

— Vous savez vous servir de ça ?

Liant le geste à la parole, celle-ci préleva dans son sac à main un petit revolver plaqué or.

— Merci, j'ai ce qu'il me faut.

— Serrez votre quincaillerie, vous, les cow-boys du dimanche.

Secours avait lâché cette phrase avec une assurance qui fit sourciller Grenier.

— Ces trucs-là, ce n'est bon que dans les jeux vidéo et les mauvais films américains.

Appuyant sur quelques touches du clavier de son ordinateur principal, il verrouilla l'ensemble des accès extérieurs à son appartement.

— Bon, nous avons quelques minutes devant nous.

— Pardonnez mon ignorance, s'excusa Menchourian, mais que viennent-ils faire ici au juste ?

— Nous descendre, l'intello et moi, répondit Vincent Grenier. Et je suis certain qu'ils ignorent que la belle et vous êtes ici. Ils n'étaient pas là quand vous êtes arrivé. J'avais assuré le quartier avant de débarquer. D'ailleurs, s'ils avaient su que nous n'étions pas seuls, ils n'auraient jamais tenté le coup. Mais maintenant, ils ne toléreront pas de témoins s'ils en trouvent. Désolé. Toi, le barbu, à part citer ma femme en me traitant de cow-boy, tu as un plan pour nous sortir d'ici ?

— Exact, James Bond. Et ça s'appelle la poudre d'escampette. Suivez-moi, j'ai une sortie de Secours !

Ce disant, il empoigna Marie-Belle et Menchourian pour les conduire dans le corridor qui menait à l'avant de l'appartement. Au même moment, la première volée de coups se fit entendre à la porte d'entrée. De son côté, Vincent Grenier se faufila à l'extérieur par une fenêtre.

— C'est ici qu'on se quitte, dit-il. Que ceux qui en sortiront vivants me rejoignent au salon funéraire Urgel Bourgie de la Côte-de-Liesse, demain, à quatorze heures, si ça leur chante. Et il disparut comme il était arrivé.

Laissant Grenier à ses affaires, Gilles Secours fit pénétrer ses deux acolytes dans la pièce qu'il appelait la « chambre d'amis ». Les policiers, de leur côté, tentaient de fracasser la porte d'entrée. Ils y étaient presque. Ayant enjambé bon nombre de colis et de boîtes de toutes sortes, les trois fuyards se retrouvèrent devant le placard de la chambre d'amis. Secours en ouvrit toute grande la porte et s'engouffra entre les vêtements qui y étaient suspendus.

— Suivez-moi sans bruit et refermez la porte ! leur dit-il.

À la grande surprise de Marie-Belle et de Manny, le fond du placard était manquant et menait directement dans la chambre à coucher de l'appartement voisin.

16. LA FUITE

*Presque tous les hommes vivent inconsciemment dans l'ennui.
L'ennui fait le fond de la vie, c'est l'ennui qui a inventé les
jeux, les distractions, les romans et l'amour.*

Miguel de Unamuno

Ils étaient maintenant dans ce qui apparaissait être l'appartement d'une jeune femme. Décorés avec goût, mais un brin fleur bleue, les lieux semblaient désertés depuis un certain temps. Sur une table du salon trônait une photo assez récente de Gilles Secours et d'une jeune femme tout à fait mignonne.

— C'est ta sœur? questionna Marie-Belle en saisissant la photo.

— Non, c'est ma petite amie. En fait, c'est mon ex-petite amie. Elle s'est fait la malle, il y a quelque temps.

— Parce que tu as déjà eu une petite amie? s'exclama Marie-Belle comme si la chose avait été totalement impossible.

— Mais qu'est-ce que tu crois! Bien sûr que j'ai déjà eu… Il fit une pause puis reprit… Je n'ai pas à justifier ma vie sentimentale à qui que ce soit. Pour qui te prends-tu?

— Désolée, Don Juan, mais tu es vraiment le premier gars avec qui j'ai passé toute une nuit seul à seul et qui n'ait pas, au moins, essayé de coucher avec moi.

— Il y a un début à tout, madame l'irrésistible.

— Cessez de vous chamailler, les amoureux, intervint Menchourian. Nous avons d'autres chats à fouetter. Il faut trouver une façon de sortir d'ici. Je dois avouer que ce placard sans fond, c'est toute une trouvaille. Vous projetiez une évasion prochaine ?

— Quand on est, comme moi, un tricheur professionnel, on ne se fait pas que des amis. J'aime toujours prévenir les ripostes possibles d'éventuels adversaires.

La cervelle ultra-imaginative de Secours avait fonctionné à plein régime durant les dix dernières minutes et avait accouché d'un plan d'évasion qui ne manquait pas d'originalité. Inspiré par l'aspect physique de Menchourian et par les informations qu'avait laissées Grenier avant son départ, Gilles Secours proposa à ses deux compagnons de miser sur le fait que les policiers seraient à la recherche d'un homme seul et non pas d'un groupe de trois personnes. Il fallait aussi donner l'impression de ne pas chercher à fuir. C'est ainsi que les policiers virent sortir de l'appartement voisin un couple d'immigrants des pays de l'Est qui engueulait leur fils de façon fort bruyante. La mère, affublée d'un fichu tout à fait horrible, ponctuait ses insultes à l'égard de son fils de coups de sac à main pendant que le trio descendait l'escalier de fer qui menait à la rue. Le père, petit et maigre, hurlait comme un pourceau qu'on égorge. Celui qui semblait être le fils tentait tant bien que mal de se protéger des coups que lui infligeait sa mère en relevant son veston par-dessus sa tête. Le charabia tonitruant des semonces du couple n'était interrompu que par des *Nein, Mama!* et des *Ya, Mama!* de la pauvre victime rouée de coups. Si les policiers avaient tenté d'être discrets, on ne pouvait en dire autant de cette famille qui avait ameuté tout le quartier par ses cris et ses vociférations. À la limite, la scène était comique et suscitait la pitié pour ce pauvre garçon victime des foudres de ses parents. Ils allèrent ainsi, tantôt marchant, tantôt faisant du surplace, jusqu'à une vieille camionnette qui était stationnée en bordure du trottoir.

Une fois à l'intérieur du véhicule, Menchourian prit le volant.

— Vous pouvez faire partir cette ferraille, Manny ? s'inquiéta Marie-Belle.

— Ça ne devrait pas être plus sorcier que de truquer une machine à poker, ma chère enfant.

Après s'être penché sous le volant, Manny se releva triomphant et fit vrombir le moteur de la camionnette pour s'élancer sur la rue Aird en direction du centre-ville.

— Vous êtes un génie, Manny.

— Rien de plus facile lorsque les clés se trouvent sur le plancher, répondit-il en riant.

Une fois sur la rue Sherbrooke, ils laissèrent la camionnette dans le stationnement d'un hôpital pour poursuivre leur route en taxi. S'étant débarrassés de leurs déguisements, Marie-Belle les conduisit à un appartement du Plateau-Mont-Royal qui servait parfois de planque aux divers collaborateurs de son mari. Il ne restait plus qu'à attendre jusqu'au lendemain pour rejoindre Vincent Grenier au lieu de rendez-vous fixé. Comme il aurait été risqué qu'ils s'y rendent tous les trois, Menchourian fut désigné pour se présenter au salon funéraire.

⁂

— Je voudrais aller rendre hommage à ma mère, dit Grenier en se penchant vers la préposée qui était assise au comptoir et en lui présentant une carte de plastique.

— Certainement, monsieur… Lemaire, lui répondit-elle après une courte hésitation durant laquelle elle avait lu son nom sur la carte. Suivez-moi.

La jeune femme le guida vers une partie plus intime des lieux où elle ouvrit une large porte qui donnait sur divers caveaux de famille.

— Vous n'aurez qu'à venir me chercher lorsque vous partirez, monsieur Lemaire. Et elle referma la lourde porte derrière elle.

Grenier sortit un tournevis d'un type singulier de sa mallette et entreprit de retirer une dalle de marbre du mur qui lui faisait face. On pouvait y lire : Angélique Bastien-Lemaire, 1921-1991. En un tournemain la dalle céda, révélant un contenu pour le moins inattendu. Au lieu d'une urne ou de cendres, l'espace libéré derrière la plaque de marbre contenait plusieurs liasses de dollars, une demi-douzaine d'armes à feu et des munitions. Vincent Grenier refit le plein et remit la dalle en place après avoir rangé son butin dans sa mallette. Il pourrait voir venir pour les jours prochains.

Sortant de la salle des caveaux, c'est Grenier qui aperçut Menchourian le premier. Il se dit qu'il avait choisi l'endroit par excellence pour cette rencontre tant Menchourian se confondait, par son costume, avec les porteurs de tombes et les endeuillés qui déambulaient dans le salon funéraire. Le vieil homme ayant repéré Grenier à son tour lui fit un imperceptible signe de la tête en direction du stationnement. Comme il ne voulait pas qu'on les vît ensemble, il sortit le premier et, ayant localisé sa propre voiture, s'y installa sur le siège du passager. Vincent Grenier le suivit quelques minutes plus tard. S'assoyant au volant de la Nissan, il fit démarrer le véhicule et prit la route sans adresser la parole à son compagnon. Une fois sur l'autoroute métropolitaine, après s'être assuré qu'ils n'étaient pas pris en filature, il s'informa auprès de Menchourian du bon déroulement de leur évasion. Tout en relatant les événements de la veille, Manny le guida jusqu'à l'appartement du Plateau.

— Tiens ! Le cow-boy est de retour, se moqua Secours dès qu'il vit arriver Menchourian et Grenier.

— Ah ! si le ridicule pouvait tuer ! On serait bien débarrassés des intellos du dimanche, répliqua l'interpellé.

Menchourian leva les bras au ciel et s'adressa à Marie-Belle.

— Tout cela, c'est votre faute. Dès que deux hommes se re-
trouvent en votre présence, ils deviennent comme des coqs
dans une basse-cour. Foutues hormones. Par chance, l'âge
m'a prémuni contre ces aménités.

Puis, s'adressant aux deux adversaires :

— C'est donc à titre d'arbitre impartial, car à l'avance
disqualifié, que je vous exhorte à faire la paix, messieurs.
Laissez vos rivalités toutes viriles en veilleuse, question que
nous puissions mettre sur pied un plan qui nous fera sortir vainqueurs de cet imbroglio, dans lequel vous nous avez
empêtrés.

Devant un tel étalement de vérités indiscutables, nul
ne trouva de riposte digne de ce nom. Un cessez-le-feu fut
donc décrété, sous le regard amusé de la belle convoitée.
Tâchant de démontrer sa bonne volonté, Grenier émit des
réserves quant à la participation de Menchourian à leurs
activités.

— Ne croyez-vous pas, Manny, qu'il serait plus sage pour
vous de vous retirer de cette histoire pendant qu'il en est
encore temps ? Après tout, personne ne sait que vous êtes
impliqué là-dedans jusqu'à maintenant.

— Taratata ! Pas de cela avec moi, mon cher Vincent. J'y
suis, j'y reste. Vous allez découvrir que le vieux Manny peut
encore être de la partie. D'ailleurs, je ne me suis pas senti
aussi vivant depuis fort longtemps. Pour une fois que j'ai
l'impression d'avoir une quelconque prise sur le réel, vous
n'allez pas me gâcher mon plaisir. Et puis… qu'est-ce que
j'ai à perdre ? Sans compter que sans moi, vous risquez, à

court terme, de vous arracher les yeux, vous et Secours. Que vous aimiez cela ou non, vous devrez faire avec moi. Un point c'est tout.

— Eh bien, répliqua Grenier, on peut dire que vous avez des couilles, Menchourian !

— Des couilles, peut-être, mais il y a longtemps que ma prostate m'a quitté. Et Manny éclata d'un long rire guttural.

17. LE PLAN

Fais peur au lion avant qu'il ne te fasse peur.
OMAR IBN AL-KHATTÂB

Il s'agissait maintenant de mettre à profit les connaissances de chacun pour réussir à retourner la situation à leur avantage. La tâche n'allait pas être facile.

— Commençons donc par le commencement, débuta Gilles Secours, s'adressant à Grenier. Comment avez-vous fait pour entrer à Saint-Vincent sans que personne vous importune ?

— Vous voyez, répondit Menchourian, au grand étonnement de Secours, je peux déjà être utile. C'est moi qui ai téléguidé ce coup-là. Il y a quelques années, un membre du personnel carcéral faisait entrer de la drogue d'une qualité plus que douteuse dans les murs. Il en résulta deux morts par surdose. C'était suffisant pour provoquer une situation de crise entre les gardiens et les détenus, crise qui aurait pu facilement dégénérer en conflit ouvert. Évidemment, personne ne voulait porter plainte, car une plainte signifie une enquête et une telle enquête aurait mouillé beaucoup trop de monde, chez les détenus comme parmi le personnel. On fit donc appel à moi, en tant qu'accordeur. Tout le monde savait que je connaissais tout le monde. J'ai mis Vincent sur le coup et le responsable de ces bavures eut un accident malencontreux. Alors, quand Vincent m'a demandé une façon d'aller voir le Boss, je suis entré en contact avec le chef des gardiens, qui m'a assuré sa plus grande et discrète collaboration à l'égard de celui qui avait été leur sauveur.

— C'était fascinant de voir évoluer le personnel de la prison, enchaîna Grenier. Dès mon arrivée, tous agirent comme s'ils ne me voyaient pas. Je déambulais entre les murs de la prison comme un fantôme invisible. Dès que j'approchais d'une porte, quelqu'un d'autre la franchissait, me laissant le chemin libre jusqu'à ma destination. Je n'ai croisé le regard de personne, tant à l'allée qu'au retour. C'était, à la fois, déroutant et comique.

— Et si mon mari avait appelé les gardiens ? riposta Marie-Belle.

— Ils étaient aussi sourds qu'aveugles. Satisfait, monsieur Secours ?

Il restait à élucider l'histoire du gros lot remporté par Grenier. Gilles Secours prit sur lui d'expliquer à Grenier comment ils avaient découvert la vraie nature de ses fonctions. Vincent Grenier leur expliqua qu'il avait reçu un appel téléphonique de son patron lui indiquant où se rendre avec un billet de loterie qu'il avait préalablement reçu par la poste. Ce billet lui fit gagner une simple participation gratuite pour le prochain tirage et c'est grâce à cette participation gratuite qu'il empocha le gros lot de trois millions deux cent mille dollars au tirage subséquent. C'était aussi

simple que cela. Voulant être certain de n'avoir rien man-
qué, Gilles Secours lui fit répéter son récit plusieurs fois et
prit des notes pour d'éventuelles recherches.

— C'était donc une façon de vous payer légalement pour des
services rendus qui n'auraient pu être payés autrement ?

— Exact. Et beaucoup plus facile que de reconnaître que
notre bon gouvernement a, à sa solde, des anges gardiens
comme moi, dont le travail consiste à éliminer des gêneurs,
un peu partout sur la planète.

Une fois ces mystères résolus, Menchourian fit un résumé de la situation. Chacun avait des motifs différents qui
le poussaient à vouloir sortir gagnant de la situation dans
laquelle il se trouvait. D'un point de vue logique, Grenier
souhaitait se libérer des entraves qui le liaient à son employeur et de l'arrêt de mort que celui-ci avait décrété à son
égard. Secours avait à peu près le même problème et désirait, lui aussi, sauver sa peau. Pour Marie-Belle, les enjeux
étaient totalement différents. Personne ne savait si les autorités avaient découvert son implication avec Gilles Secours,
mais il était préférable de tenir pour acquis que oui. D'autre
part, celle-ci souhaitait, ultimement, voir son mari sortir de
prison malgré sa sentence d'emprisonnement à vie. Quant
à lui, Menchourian esquiva ses véritables motifs pour demeurer un membre actif de cette aventure, se repliant sur
son affection pour Marie-Belle et son plaisir à vouloir dé-
jouer un système qu'il considérait comme vicieux et pourri.
À son avis, la situation était suffisamment désespérée pour

que tous tentent le tout pour le tout en fomentant un coup qui conjuguerait les attentes de chacun.

— Comme le dit le proverbe arabe : *Il faut faire peur au lion avant qu'il ne nous fasse peur.*

— Moi, je suis toujours partant quand vous êtes là, Manny, rétorqua Grenier. Après tout, comme vous l'avez dit, qu'avons-nous à perdre ?

Le consensus atteint, on élabora bon nombre de scénarios, parfois rocambolesques, parfois pessimistes, pour en arriver à un vaste plan de chantage et d'intimidation qui aurait comme victimes principales : Jacques Ouelette, le ministre des Finances, James Thompson, le PDG de la Société des loteries, et Pierre Bélanger, de la firme de vérification comptable de la Société des loteries. Tous figuraient au registre du Crédit Lyonnais.

— Vous avez un ordinateur ici ? demanda Vincent Grenier à Marie-Belle.

Elle opina du bonnet tout en lui indiquant, de la pointe du menton, une petite pièce située au fond de l'appartement.

— Parfait. Laissez-moi quelques heures, j'ai une ou deux petites choses à vérifier.

Pendant que Gilles Secours s'affairait à torturer l'ordinateur, Marie-Belle, Grenier et Manny vaquaient à diverses occupations dans le confort relatif de leur refuge. Étonnamment, l'esprit du groupe était à la fête. C'était comme si le stress des derniers jours les avait quittés au moment où ils s'étaient concertés autour d'un plan d'action. Menchourian lavait la vaisselle pendant que Grenier et Marie-Belle faisaient plus ample connaissance. Personne n'avait osé interroger Gilles Secours sur la nature de ses recherches. Pourtant, il était difficile à oublier. À tout moment, provenant de la pièce du fond, on entendait le chapelet d'insultes qu'il prodiguait à l'égard de sa machine. Puis, Secours sortait de sa cachette pour aller faire les cent pas dans le salon, sous le regard inquisiteur des trois autres. Ensuite, il disparaissait de nouveau pour reprendre ses tambourinements sur le clavier de l'ordinateur qui demeurait insensible à ses supplications ou à sa colère.

Après un peu plus d'une heure de ce cirque, Marie-Belle sembla chercher quelque chose dans le vide qui séparait l'endroit où elle était assise du mur qui lui faisait face. Puis, elle se rendit dans la cuisine pour faire un appel téléphonique discret. Vingt-cinq minutes plus tard, on sonna à la porte, ce qui fit sursauter Grenier et Menchourian. Marie-Belle les rassura d'un geste de la main, indiquant ainsi qu'elle était en plein contrôle de la situation. Passant la porte, on entendit, provenant du portique, les échos imprécis d'une courte conversation qui se termina par « Tout le plaisir est pour moi. » Marie-Belle revint à l'intérieur avec, en sa possession, une énorme pizza bien chaude qui embaumait la pièce à travers sa boîte de carton blanc.

— Pizza, tout le monde ! s'écria-t-elle.

Secours sortit de son refuge comme une flèche, le regard presque embué de reconnaissance.

— Comment as-tu su ?

— J'ai eu le temps d'apprendre à te connaître durant ces nuits où tu t'escrimais avec tes ordinateurs sans même te rendre compte que j'étais là. Cela dit, sans rancune… Tu vois, moi, quand je suis bloquée, j'allume une cigarette. Toi, tu bouffes de la pizza.

— Tu es une vraie mère pour moi, répondit Gilles Secours, tout sourire. Et il lui administra un énorme bec mouillé sur les lèvres.

Puis, il se servit une gargantuesque portion de pizza, qu'il déchira avec ses doigts, pour disparaître à nouveau dans la chambre du fond. Les trois autres se servirent, à leur tour et de façon beaucoup plus civilisée, à partir de ce que Secours avait bien voulu leur laisser. Le barbu travaillait désormais en silence et ne réapparut que le temps de pêcher un Coke dans le réfrigérateur. Son humeur avait changé du tout au tout. On l'entendait parfois chanter ou taper des rythmes joyeux sur la table de l'ordinateur. Ce concert se termina par une longue éructation sonore, ce qui fit froncer les sourcils épais de Menchourian et lever au ciel les yeux de Marie-Belle. Tous deux discutaient, depuis un bon moment, d'un plan fripon qui les avait bien fait rire. Égal à lui-même, Grenier demeura impassible devant les provocations puériles de Gilles Secours.

Celui-ci vint rejoindre l'équipée en faisant des galipettes. Il était visiblement très satisfait de lui-même. S'adressant à Vincent Grenier :

— Vous avez bien dit qu'on vous avait posté un billet de loterie, n'est-ce pas ?

— Oui.

— Et ce billet vous a fait gagner une participation gratuite chez un détaillant qu'on vous avait désigné à l'avance ?

— Toujours exact.

— Et c'est cette participation gratuite qui vous a fait gagner le gros lot ?

— Hmm, hmm…

— Mais on ne vous a pas indiqué d'endroit précis où vous deviez prendre possession de cette participation gratuite ?

— Non. Je l'ai prise au même endroit, sur-le-champ. Mais j'aurais peut-être pu attendre et me la procurer ailleurs, j'imagine. Je n'ai pas reçu d'instructions à ce sujet.

— Donc, c'est la participation gratuite qui était la clé qui vous ouvrait la porte vers le billet gagnant ?

— Si tu le dis.

— Alors, mes amis, j'ai découvert comment ils font pour truquer la loterie !

— Vraiment ! s'exclama Marie-Belle. Et c'est quoi le truc ?

— C'est un jeu d'enfant. Ça me pendait au bout du nez depuis le début. Mais, encore une fois, je cherchais au mauvais endroit. Sans ta pizza, je serais encore devant l'ordi à me tirailler les méninges. Je t'adore.

— Outre vos inspirations alimentaires, rétorqua Menchourian, pourriez-vous être plus précis ?

— Je crois que ce ne serait pas très prudent. Pour l'instant, je préfère garder le secret. Comme ça, si l'un d'entre vous est pris, il ne pourra révéler une information qu'il ignore.

Gilles Secours proposa qu'on utilise cette information de premier ordre pour faire chanter James Thompson, le PDG de la Société des loteries, et Pierre Bélanger, de leur firme de vérification comptable. Grâce à la campagne de NĀDA, Menchourian avait collecté des dizaines de milliers d'adresses courriel, provenant des consommateurs qui désiraient se procurer ce produit inexistant. Il s'agissait donc de menacer les deux complices du trucage de la loterie de faire parvenir à tous ces gens la méthode par laquelle ils désignaient, à l'avance, le numéro gagnant. Si l'information sortait, c'en serait fini de la notoriété de la Société des loteries, tout comme de la carrière de Thompson et de Bélanger, qui se retrouveraient inévitablement en prison.

Tous applaudirent cette stratégie et reconnurent le talent indiscutable de Secours. Mais Grenier n'allait pas demeurer en reste. Il proposa à son tour une action qui déstabiliserait l'ensemble des huit personnes impliquées dans le complot de la loterie : un assassinat ! Chacun s'opposa avec véhémence, ce qui fit sourire Grenier de toutes ses dents. Les rassurant, il leur expliqua qu'il avait l'intention de rater volontairement ce coup-là, car un homme qui a peur est beaucoup plus persuasif qu'un cadavre. C'est Bélanger, le comptable, qui serait dans sa mire. Le bonhomme semblait le plus apte à paniquer parmi ses acolytes.

— Contentez-vous de faire chanter Thompson. Mais avant, laissez-moi faire peur à Bélanger. L'effet sera plus brutal.

— Je crois que c'est à mon tour. Marie-Belle avait lancé cette phrase énigmatique avec le sourire de la Mona Lisa. Ne faites rien avant que je me sois occupée du ministre. Ensuite, nous aurons suffisamment de pouvoir pour obtenir n'importe quoi, y compris la libération de Marcel.

— À condition de laisser à ces saligauds un exutoire sans faille, compléta Menchourian.

Ayant totalement captivé l'attention de leurs compagnons, ils révélèrent le plan sur lequel ils avaient travaillé une bonne partie de l'après-midi.

18. EN AVANT LA MUSIQUE

L'honnêteté dans les affaires constitue le seul moyen de
pouvoir escroquer la même personne plusieurs fois.

PHILIPPE BOUVARD

VINCENT GRENIER, QUI ÉTAIT LE PLUS AGUERRI du
groupe en matière de sécurité, leur donna les instructions
suivantes :

— Nous allons tenir pour acquis que nous sommes tous
recherchés par la police. Même vous deux, Marie-Belle et
Manny. Il est probable que votre petite mise en scène lors
de votre sortie de l'appartement de Gilles ait été mise à nue
et qu'on ait fini par identifier ces trois bruyants personnages qui ont quitté la rue Aird dans un camion. De plus, la
voiture de Marie-Belle est restée garée dans les parages et
une Porsche 911 rouge ne passe pas inaperçue dans ce coin-
là. Il faudra donc nous déplacer avec prudence. Évitez tout
endroit qui pourrait être couvert par des caméras de surveillance : les ponts, les banques, les guichets automatiques,
les magasins à grande surface, la rue Sainte-Catherine et les
lieux publics comme le métro ou la Place des Arts. Faites
vos achats cash et demeurez vigilants. Plus vous serez
parano, moins vous aurez de chances d'être pris. Évitez les

endroits que vous avez l'habitude de fréquenter et limitez vos rencontres aux personnes sûres. Changez d'apparence si vous le pouvez et demeurez toujours en contact avec les autres membres de l'équipe. Des questions ?... En avant la musique !

C'est Marie-Belle qui démarra les hostilités en donnant rendez-vous à Grégory Laferrière chez Da Nunzio, un restaurant italien de la rue Bélanger situé dans le quartier Rosemont. Elle n'y avait pas mis les pieds depuis près de quinze ans et fut agréablement surprise de constater que le fils de la famille avait pris la relève aux fourneaux de ce restaurant de quartier des plus pittoresques. Dès son entrée, Laferrière s'enquit de la santé de Marie-Belle et des motifs qui justifiaient son choix pour leur lieu de rendez-vous. Elle lui relata les incidents des derniers jours en appuyant sur le côté loufoque de leur évasion de l'appartement et de l'apparition soudaine de Grenier parmi eux. Bon public, Laferrière riait de bon cœur des aventures de sa seule amie. Puis, la femme de son employeur en vint aux choses plus sérieuses.

— Il va falloir empoisonner Marcel.

À cette nouvelle, Laferrière se leva d'un bond, comme catapulté hors de sa chaise. Il faillit même renverser la table où ils avaient pris place avec tout ce qu'elle contenait.

— Quoi ? Mais es-tu devenue folle ?

— Mais non, pas pour vrai, le calma Marie-Belle tout en lui faisant signe de se rasseoir et de baisser le ton. L'idée, c'est de laisser croire à tout le monde que Marcel n'est plus en sécurité à Saint-Vincent. Selon notre plan, il faudrait que ça commence par des menaces de mort, puis que Marcel soit victime d'une, ou, encore mieux, de deux tentatives de meurtre, qui échoueront, bien entendu.

Le gros avocat commençait à saisir le topo.

— Pour les menaces, rien de plus facile, dit-il en retrouvant peu à peu son sourire et son aisance. Il n'y a qu'à se servir parmi celles qu'on reçoit déjà. Mais pour les tentatives de meurtre, je ne suis pas convaincu que le Boss va beaucoup aimer ça, jouer les victimes. Après tout, il y aurait toujours un faible risque qu'on confonde une fausse tentative avec une vraie.

— Ce sera ton travail de convaincre Marcel de jouer le jeu et de veiller à ce que ça ne s'ébruite pas, question d'éviter que quelqu'un profite de l'occasion pour l'éliminer pour vrai. De toute façon, c'est notre seule chance de le faire sortir de là une bonne fois pour toutes.

— Le faire sortir de là ? Grégory Laferrière n'était pas certain d'avoir bien saisi la portée des propos de Marie-Belle.

— De Saint-Vincent. De la prison. Oups ! Parti. Envolé. Plus de Boss en cellule…

— Vous voulez faire évader le Boss ?!!! Ce disant, le juriste, n'en croyant pas ses oreilles, fit un geste brusque de la main comme pour indiquer la sortie, ce qui eut pour effet de projeter la bouchée de viande piquée au bout de sa fourchette à l'autre bout du restaurant. Pouffant de rire, Marie-Belle le corrigea.

— Non, non. Pas évader, sortir. C'est beaucoup mieux.

✳

Vincent Grenier prit plusieurs taxis pour se rendre à Laval. À chacun de ses transferts de véhicule, il s'assurait du même coup de changer de compagnie de taxis. Il devenait ainsi quasiment impossible à suivre à la trace. Il descendit finalement de son dernier taxi pour se rendre, à pied, quelques rues plus loin, dans le vaste stationnement d'un centre commercial. Il trouva rapidement ce qu'il cherchait : une Pontiac Sunfire d'un bleu malade, affreusement banale. En moins de deux, Grenier avait fait démarrer le véhicule et roulait sur l'autoroute en direction de l'ouest. Une fois passé le boulevard Industriel, il se faufila dans une ruelle dissimulée entre deux séries de condos industriels. Il savait très bien ce qu'il cherchait et qui il cherchait. Il gara sa Pontiac entre deux superbes voitures de luxe auxquelles manquait soit l'avant, soit l'arrière. Dans ce commerce très particulier, on réparait des véhicules haut de gamme qui avaient malencontreusement eu un accident fatal qui impliquait un chalumeau à acétylène. Une fois remontées, ces voitures étaient revendues à prix d'aubaine à l'extérieur du continent. Mais Grenier ne désirait nullement faire découper sa Sunfire nouvellement acquise.

Étrangement, outre les voitures et une mer de pièces détachées, la ruelle était vide de toute présence humaine. Grenier descendit très lentement de voiture, s'assurant qu'un éventuel guetteur puisse voir ses deux mains en tout temps. Se passant le bras à l'intérieur du véhicule dont la portière était restée ouverte, il klaxonna trois coups, deux courts et un long. Puis, il se risqua à héler celui qu'il venait voir.

— Jérémy !

Une porte de garage s'ouvrit sur sa gauche et une forme dans l'ombre lui fit signe d'entrer. Grenier obtempéra. L'intérieur du garage contrastait totalement avec son extérieur miteux. On se serait cru dans une salle de chirurgie toute en nickel et en chrome. Il y régnait une forte odeur de vernis. Lorsque la porte se referma, un violent éclairage halogène permit à Grenier d'apprécier à juste titre la valeur des équipements qui meublaient l'endroit. Pour n'importe quel mécanicien, ce garage aurait été un lieu de pèlerinage, la Mecque, l'impossible high-tech devenu réalité. Outre la pléiade d'outillages sophistiqués qui jonchaient l'endroit, le garage était peuplé d'une douzaine de voitures de grand luxe. Lamborghini, Ferrari, Bentley et Porsche se succédaient dans leurs chatoiements respectifs. Un tout petit bonhomme entre deux âges, vêtu d'un sarrau blanc, apparut en essuyant ses mains graciles avec un chiffon vert. Replaçant des lunettes épaisses sur un nez très fin, il observait silencieusement le nouvel arrivé.

— Qu'est-ce qu'une police vient faire chez moi ?

L'homme avait lancé cette question d'une voix lente, chaude, presque méditative.

— Vous faites erreur, je ne suis pas un policier. Je suis…

— Et moi, je suis embaumeur de rats, dans ce cas-là. Qu'est-ce que vous voulez ?

Malgré le sarcasme, le petit homme avait gardé le même ton, comme s'il était en perpétuelle prière. Plus amusé que décontenancé, Grenier reprit sa phrase là où il avait été interrompu.

— Je suis envoyé par Marie-Belle Davis, qui vous fait dire de ne jamais vous fier à une paire de bas de soie. Mais là, je ne sais vraiment pas ce que ça veut dire.

Le mécano éclata d'un rire franc et sonore qui se perdit dans l'écho métallique de l'atelier mécanique.

— Si elle vous a dit ça, c'est que c'est bien vrai que c'est Toute-Belle qui vous envoie. N'essayez pas de comprendre, c'est une vieille histoire entre nous. Ah, Marie-Belle ! Il n'y en a pas d'autres comme elle. Des jambes, mon bonhomme, des jambes… à me rendre fou de jalousie. Si je n'étais pas gai, je crois bien que j'en serais amoureux moi aussi.

Grenier regardait son interlocuteur perplexe et n'osait réagir à cette salve verbale.

— Ça vous étonne, n'est-ce pas ? Oui, mon bonhomme ! Gai comme un pinson. Et le plus crack des mécanos, si ça se trouve. Mais seulement le jour. Approchez, approchez !

L'homme invitait Grenier à contempler une série de photos de pin up accrochées au mur, au-dessus d'un établi au fond du garage.

— Regardez, vous voyez ? Ça, c'est moi le soir. Vos phantasmes les plus fous devenus réalité.

La série de photos était composée de divers portraits d'une femme, parfois blonde, parfois rousse, qui posait à demi nue dans diverses positions suggestives. Un observateur avisé aurait été forcé d'avouer que la femme sur les photos affichait une ressemblance non équivoque avec le mécano prénommé Jérémy. On aurait pu facilement la prendre pour sa jeune sœur.

— Pas mal, hein ? C'est moi, ça. Nirvana ! La reine des nuits folles, le rêve de tout homme !

Grenier, qui en avait assez du délire de son mécano travesti, enchaîna :

— Mais avec une quéquette !

Sa réplique eut l'effet d'une douche froide sur Jérémy, ce qui l'obligea à atterrir brusquement dans la réalité.

— Que voulez-vous, rien n'est parfait. Anyway. Qu'est-ce que je peux faire pour vous ?

Grenier lui expliqua qu'il désirait transformer sa Pontiac de façon à ce qu'elle puisse rivaliser de vitesse avec une BMW 323i. Bien que la chose puisse paraître impossible de prime abord, Jérémy n'émit aucun commentaire. Il se retourna plutôt vers une table de travail pour procéder à quelques calculs.

— Pendant combien de temps ? demanda-t-il sans lever les yeux.

— Combien de temps, quoi ?

— La course.

— Environ dix minutes.

Il continua à griffonner des chiffres et à aligner des centimètres cubes.

— Il faudrait modifier l'avant du Sunfire.

Encore une fois, la voix était dans un rêve. Vincent la compara mentalement à celle de Cassandra Wilson, la chanteuse de jazz.

— C'est hors de question, intervint Grenier. Il faut s'assurer que rien ne paraisse.

— Et l'échappement ?

— Pourvu qu'il ne fasse pas plus de bruit qu'une voiture normale et qu'il ait l'air de…

— Ça va, j'ai compris, répondit Jérémy, agacé. Même pas moyen de s'amuser un peu… ! Il faudra revoir la suspension, sinon vous allez vous retrouver dans le clos en moins de temps qu'il n'en faut pour péter. C'est la même chose pour la carrosserie. On va utiliser du fibre de verre qui se déforme sous l'accélération, sinon l'avant risque de *flyer* en morceaux.

— Pouvez-vous y mettre des barres de renforcement ? J'ai l'intention de la tamponner un peu, ma Sunfire.

— Un chausson avec ça ? J'imagine que je peux quand même lui installer des pneus neufs ? !

Celui qui était un homme le jour se retourna enfin.

— Ça va… Laissez-moi travailler maintenant et je vous livre le bolide suicidaire dans deux jours. J'espère que vous savez piloter parce que ça va brasser, votre petite balade, c'est moi qui vous le dis.

— Je m'y attendais.

— Ça fera à peu près vingt mille dollars. Dix mille tout de suite et un autre dans deux jours. Mais au moins, à ce prix-là, je ne vous garantis pas les résultats.

Et le mécano y alla à nouveau de son rire de chanteuse de jazz.

— Vous n'auriez pas une voiture à me prêter d'ici là ? s'enquit Grenier en lorgnant vers une Ferrari qui trônait dans le garage.

— Sans problème, mais pas celle-là. Elle n'est pas prête. De toute façon, les Italiennes, ça ne vaut rien en hiver. Prenez plutôt la bleue à l'arrière. C'est une vraie bombe et personne ne sera en mesure de l'identifier, si jamais vous aviez dans la tête de faire des âneries, mon bonhomme.

Effectivement, même Grenier, qui pourtant avait conduit des dizaines de voitures, n'arrivait pas à identifier le modèle ou le fabricant du coupé sport deux places en question.

— C'est une Buick Reatta, de loin la meilleure voiture que les Américains aient jamais construite. Bon, c'est vrai que la transmission originale était paresseuse comme une vieille pute, mais j'ai corrigé ça et quelques petits détails ici et là. J'ai aussi enlevé toute marque du fabricant et du modèle, question de la rendre plus anonyme. Il lui lança les clefs. Essayez-la, vous verrez, elle se laisse lentement découvrir. Un vrai bijou tout cuir, mariant puissance et sensualité. Jérémy et Nirvana réunis dans un seul corps. Un travesti réservé aux seuls hommes qui n'ont pas peur d'être ce qu'ils sont.

❧

Grenier partit vers l'ouest, encore amusé par la prestation du mécanicien, tout en reconnaissant que le type était un véritable artiste de la mécanique. La Reatta livrait la marchandise. Il suivit l'autoroute 440 jusqu'à ce qu'elle devienne un chemin de campagne et aboutit dans Laval-sur-le-Lac, le quartier le plus cossu de toute la région de Montréal. Ce jour-là, il ne souhaitait faire que du repérage en vue de sa prochaine confrontation avec Pierre Bélanger, le président de la firme comptable qui assurait la pseudo-neutralité de la Société des loteries. Arrivé sur la rue des Érables, il bifurqua sur la rue des Peupliers et s'immobilisa devant la résidence de Bélanger, qui se trouvait à l'intersection des rues des Peupliers et des Pins. L'hiver naissant de cette fin de soirée faisait valser les arbres sous un ciel couvert qui annonçait la neige. La maison de pierres blanches, construite sur deux étages, était partiellement protégée par une haie de cèdres et quelques arbustes. Comme dans tous les quartiers riches, on n'y voyait âme qui vive. Ce qui fit bien l'affaire de Grenier. Il n'y avait pas de seconde voiture dans le stationnement, ce qui laissait présager que le comptable vivait seul dans ce château démesuré et sans goût. Malgré l'heure, il n'y avait aucune lumière dans la maison de Bélanger, ce qui était aussi tout à fait normal, car l'homme avait l'habitude de travailler tard. Vincent Grenier poussa sa quête un peu plus loin pour se rendre dans le stationnement du Club de golf de Laval-sur-le-Lac, qui se trouvait presque en face de la maison. La saison étant terminée depuis longtemps, l'espace de stationnement était désert. Les nombreux arbres feraient une couverture parfaite en cas de besoin. Laissant sa Buick sur le tarmac du golf, il revint à pied jusqu'à la maison de Bélanger. Il put ainsi constater qu'il n'y avait pas de chien sur place et, aussi, que le cadrage des fenêtres avant de la maison était en bois, ce qui était encore une fois très pratique pour l'élaboration de son plan, qui avait pour but d'effrayer le comptable. Ayant également vérifié qu'il pourrait avoir facilement accès au toit, grâce à l'antenne de télévision qui lui servirait éventuellement d'échelle, il regagna son véhicule pour repartir tranquillement vers Laval. Il se terra deux jours au Hilton en attendant que sa Sunfire soit prête.

Le premier matin, Vincent Grenier fut tiré hors de son sommeil par le groom qui déposait le journal devant la porte de sa chambre d'hôtel. Il attendit que l'homme s'éloigne puis, sans prendre le temps d'enfiler son peignoir, ouvrit la porte pour s'emparer du quotidien. Tout sourire, malgré les vapeurs du sommeil, il savoura pleinement la nouvelle qui dominait la une. Sous une vieille photo de Marcel Ryan, prise lors de son entrée au pénitencier de Saint-Vincent, on pouvait lire en lettres rouges :

Tentative ratée d'assassiner « le boss »

La nuit dernière, vers 3 h 30, à la prison de Saint-Vincent, Marcel Ryan, le présumé chef des motards criminalisés, fut réveillé par de violentes douleurs abdominales accompagnées d'une forte fièvre et de convulsions violentes. Le médecin de garde de Saint-Vincent l'a fait transporter d'urgence à l'Hôtel-Dieu de Montréal où les médecins ont immédiatement diagnostiqué un empoisonnement provoqué par l'ingestion d'une substance hautement toxique. Vers 6 h, après avoir procédé à un pompage de l'estomac de leur patient, les médecins nous ont informés que sa situation était stabilisée et qu'il n'y avait plus à craindre pour sa vie. N'eût été la vigilance et la rapidité d'intervention de l'équipe médicale du pénitencier de Saint-Vincent, « le Boss » aurait péri dans d'abominables douleurs. Le docteur Jean Bernart, toxicologue en chef de l'hôpital qui avait été appelé en renfort, a bien voulu nous révéler les détails suivants : « Bien qu'il nous reste encore des tests à effectuer, tout laisse croire que monsieur Ryan aurait été empoisonné par une substance connue sous le nom de toxine botulique. C'est la bactérie le plus souvent responsable des toxi-infections alimentaires qui sont généralement contractées lors de l'ingestion de conserves impropres à la consommation humaine. Il s'agit d'une protéine dont les propriétés neurotoxiques en font le plus puissant poison connu à ce jour, soit 40 000 000 de fois plus toxique que le cyanure. Au départ, nous avons cru à une intoxication accidentelle, mais il s'avère que le type de toxine botulique qui a failli faire mourir monsieur Ryan n'est pas d'origine alimentaire, mais bien cosmétique. En réalité, ce que mon patient a avalé, c'est du Botox. La même substance que celle qu'on utilise en chirurgie esthétique, mais à plus forte dose. Il s'agit donc, vraisemblablement, d'un empoisonnement volontaire. »

LES FAITS

C'EST LE MANQUE D'APPÉTIT QUI A
SAUVÉ « LE BOSS »

Comme de coutume, Marcel Ryan a reçu son repas dans sa cellule vers 18 h hier soir. N'étant pas très en appétit, celui-ci n'aurait mangé que sa soupe et son dessert et n'aurait pris qu'une seule bouchée du pâté au saumon qu'on lui avait servi comme repas principal. Selon une source bien informée, si « le Boss » avait mangé tout son repas comme il se devait, jamais les autorités médicales n'auraient eu le temps de lui sauver la vie. C'est la faible dose contenue dans cette seule bouchée de pâté au saumon qui lui a évité une fin tragique. Toujours hospitalisé sous haute surveillance, Marcel Ryan demeurera à l'Hôtel-Dieu le temps d'une courte convalescence. Le directeur du pénitencier de Saint-Vincent n'a émis aucun commentaire, mais Le Journal a appris qu'aucun autre prisonnier ayant mangé du pâté au saumon, ce soir-là, n'a été incommodé de quelque façon que ce soit.

Pour sa part, Maître Grégory Laferrière, le redoutable juriste qui défend « le Boss » depuis plus de deux décennies, a déclaré, visiblement en colère : « Ce pénitencier n'est rien d'autre qu'un poulailler géré par des incompétents incapables d'assurer la sécurité de mon client. Nous nous donnons quelques jours pour explorer les recours possibles. »

(Voir notre dossier sur la sécurité en milieu carcéral en pages 8, 9 et 17)

Grenier referma son journal, satisfait. Le plan prenait forme. Il ouvrit le téléviseur de sa chambre au canal des nouvelles continues, espérant pouvoir ainsi suivre le déroulement des hostilités. Décidément, la journée commençait bien.

19. UN PAS DE DEUX

*Les filles et les femmes ont leur lot de malheurs et de frivolités,
de recherches obsessionnelles et d'abandons complets qui les
caractérisent et qui imposent à leur existence toute une série
de gestes, de précautions et parfois de jalouses mesquineries.*

LOUIS-PHILIPPE HÉBERT

JACQUES OUELETTE, MINISTRE DES FINANCES, sortit du
Club Saint-Denis vers dix heures. Relevant le col de son
pardessus, il pesta contre le froid qui se préparait à reprendre ses droits sur son pays pour les six prochains mois. Son
chauffeur, un Noir de plus de cent kilos, sortit de la limousine pour lui ouvrir la porte. C'est à ce moment qu'une étudiante arriva en trottinant sur le trottoir, un calepin à la
main.

— Monsieur le Ministre, monsieur le Ministre ! Un instant, s'il vous plaît !

Le chauffeur voulut s'interposer, mais Ouelette lui fit
signe de laisser faire. La jeune femme, avec ses petites nattes
et son manteau trop court, était charmante et inoffensive.

— Que puis-je pour vous, mademoiselle ?

Arrivant à sa hauteur, le ministre constata que la
jeune fille en question était jolie en plus d'être charmante.

Haletante, des suites de sa courte course, elle lança dans une phrase rapide et saccadée :

— Je m'appelle Julie Rouleau, je suis étudiante en communication ici à l'UQAM et mon professeur nous demande de faire le portrait d'un personnage public qui est, à notre avis, trop peu apprécié du public. Et moi, je vous ai choisi, vous.

Voyant que Jacques Ouelette attendait la suite, elle enchaîna dans une tirade, dans l'espoir de vendre sa crédibilité à cet homme debout dans le froid.

— Je trouve que vous êtes très charismatique. Vous avez une façon chaleureuse d'expliquer les choses. Vos idées sont claires et efficaces. Bien que vous ayez tout le charme que peut avoir un homme mûr, les médias vous…

Constatant que son intervention ressemblait plus à une déclaration d'amour qu'à toute autre chose, la jeune fille s'arrêta net et se mit à rougir en se mordant la jointure de l'index droit. Baissant un peu la tête et regardant le ministre d'un air coupable, elle poursuivit :

— Je parle trop, hein ? C'est ça.

Ouelette était flatté et amusé. La candeur de cette étudiante et sa désinvolture naïve avaient de quoi faire fondre qui que ce soit.

— Mais non, c'est juste que je n'ai pas beaucoup de temps.

Puis, se ravisant :

— Êtes-vous venue à pied ?

— Ben, genre, en autobus.

— Et vous allez où comme ça ensuite ?

— Euh… chez moi. Et elle indiqua vaguement de la main la direction sud.

— Alors, si vous n'y voyez pas d'inconvénient, venez faire votre entrevue dans la voiture. Ça vous donnera quelques minutes, je m'en vais à l'édifice d'Hydro-Québec.

— Ah! ça, c'est trop cool! Et elle lui sauta au cou, ce qui fit sourciller le chauffeur, qui avait bien hâte que son patron se retrouve en sécurité à l'intérieur du véhicule, loin des regards indiscrets. J'habite tout près de là, genre à côté de l'université. Si vous saviez comme vous me faites plaisir, dit-elle, une fois dans la limousine. J'ai vraiment full besoin de ce travail-là pour remonter ma note.

L'étudiante bavardait beaucoup plus qu'elle n'interviewait son idole de ministre, si bien que Ouelette indiqua à son chauffeur de faire plusieurs fois le tour de l'édifice où il se rendait. Jacques Ouelette s'amusait beaucoup à écouter cette petite blonde au vocabulaire coloré lui chanter ses louanges. Fragile et familière tout à la fois, elle lui prenait parfois la main tout en parlant, sans même se rendre compte de son engouement, les yeux lumineux d'excitation puérile. Soudain, au détour d'une rue, elle s'écria à l'intention du chauffeur :

— STOP!

Celui-ci la regarda dans son rétroviseur, décontenancé.

— J'habite juste ici, s'excusa la petite Rouleau. Puis, lissant sa jupe de ses deux mains d'un air suppliant, elle fit silence avant de demander : « Voulez-vous monter quelques minutes? Je pourrais vous montrer tout ce que j'ai colligé sur vous... »

Le chauffeur fit signe que non à son patron et tapa de son index sur sa montre. Mais il le connaissait trop bien et résigné, il alla garer la voiture dans la cour arrière du bâtiment, selon les indications de l'étudiante.

— Alors seulement deux minutes, d'accord? Je suis déjà en retard à cause de vous.

Sortant de la limousine, elle prit Jacques Ouelette par la main, presque en gambadant, et l'attira vers l'entrée arrière.

— Si on passe par-devant, le concierge va m'achaler, genre. Je suis full en retard sur mon loyer.

Pour Ouelette, ministre, homme public et marié, ce retard de loyer était littéralement providentiel. Il était vraiment inutile qu'on le voie entrer seul avec une jeune fille dans un appartement du centre-ville.

Le petit deux pièces était modeste et très féminin, lui rappelant vaguement la chambre de sa fille aînée. Un peignoir rose traînait sur un fauteuil et la totalité des surfaces planes était encombrée de livres ou de flacons de produits de beauté. N'ayant aucune pudeur à dévoiler ainsi son intimité à un inconnu, elle ouvrit les bras dans un geste semi-circulaire et lâcha :

— C'est mon chez-moi!

Puis, débarrassant un canapé de divers objets, elle invita le ministre à s'asseoir, le temps qu'elle aille quérir le fruit de son travail.

— J'arrive tout de suite avec ça, lui dit-elle en disparaissant dans sa chambre. J'espère que vous ne serez pas trop déçu...

Quand Julie Rouleau revint, elle ne portait plus que son slip. Elle avançait lentement dans la pièce, véritablement timide pour la première fois. Bien qu'ayant secrètement souhaité que les événements prennent cette tournure, Jacques Ouelette demeurait sans voix devant cette nudité angélique si gracieusement offerte.

— Ne me dites pas non, chuchota-t-elle en se plaçant face à lui, j'aurais trop honte...

Ouelette ne répondit rien et, se levant, il posa ses deux mains sur le ventre athlétique de Julie pour lentement remonter vers ses seins délicats qu'il caressa avec lenteur. Le sang lui cognait à la tête, essoufflé par tant de désir. L'étudiante gémissait doucement à chaque caresse, la tête renversée. Le cou ainsi offert, son amant impromptu se mit à le couvrir de baisers pour ensuite amorcer une descente langoureuse vers sa poitrine aux mamelons roses et durcis. Haletant légèrement et les yeux mi-clos, Julie parvint à débarrasser le ministre de son pantalon et de son caleçon qui allèrent choir sur ses chevilles. Son membre rigide se braquait vers le ciel et Julie déposa sur sa pointe un baiser chaud et espiègle. Voulant compléter son déshabillage, il entreprit d'enlever sa cravate et sa chemise, mais Julie s'opposa tendrement. « Non, il faut garder la cravate, lui susurra-t-elle en glissant ses mains sous sa chemise pour caresser sa poitrine velue. Nous serons comme Monika et Bill;

des amants fous dans la fatalité de leur désir. » Ouelette, toujours debout, glissa ses deux mains sous le slip de soie blanche de son amante et savoura la tiédeur de sa croupe. Pendant qu'il faisait glisser son dernier vêtement sur les jambes exquises de cette femme enfant, celle-ci enserra sa verge de ses deux mains avides en s'exclamant : « Oh ! Merci, merci, merci... »

C'était le signal. À peine quelques secondes plus tard, le téléphone retentit dans l'appartement de Julie. Comme mue par un réflexe involontaire, Julie Rouleau dénoua son étreinte pour s'étirer vers le combiné.

— Allô ? Maman ! C'est toi... C'est que je suis occupée là, genre. Non, mais c'est que... ce serait mieux si...

Et elle raccrocha. Se retournant vers Ouelette, elle se mit à sauter sur place de rage.

— Merde, merde, merde et merde ! Ma mère arrive, elle est en bas. Elle m'apporte ma lessive. Shit ! Celle-là, elle a toujours le tour pour tout foutre en l'air.

Elle se couvrit de son peignoir d'un seul mouvement. Puis, aidant Ouelette à remonter son pantalon, elle lui fila un baiser en disant : « Il faut que tu partes maintenant, vite ! Par-derrière, comme tantôt. Mais promets-moi que tu reviendras demain. OK ? »

Ouelette tentait de reprendre ses esprits. Emporté par la panique soudaine de Julie, il promit d'être là dès qu'il pourrait se libérer et disparut par la porte arrière, son pantalon à peine remonté, son pardessus et ses souliers à la main. Descendant les escaliers deux par deux, il se dit qu'il y avait un Dieu quelque part pour les victimes du démon de midi.

Dès que le ministre Ouelette eut quitté les lieux, Gilles Secours sortit de sa cachette. Dissimulé derrière les tentures de la fenêtre, il avait filmé toute la scène. C'est également lui qui avait fait sonner le téléphone, à partir de son portable, lorsque Marie-Belle lui eut donné le signal convenu : « merci » répété trois fois. Jacques Ouelette était désormais à leur merci.

Revenant vers Secours, son peignoir à peine jeté sur les épaules et exhibant partiellement sa nudité, Marie-Belle, les poings sur les hanches, questionna Secours :

— J'espère que les images sont bonnes ?

— Disons qu'elles sont explicites, dit-il après une brève hésitation. Tu es une fichue comédienne, toi ! À certains moments, j'ai vraiment cru que tu en pinçais pour le bonhomme.

— C'est de savoir que tu étais là à nous observer qui m'excitait, gros con.

Puis, s'avançant tout près de Secours, elle effleura son bas-ventre de sa main.

— À ce que je vois, il n'y a pas que moi qui étais excitée.

Secours cherche à s'esquiver, mais Marie-Belle l'en empêcha. Laissant tomber son peignoir, elle se lova tout contre lui. Gilles Secours pouvait sentir la chaleur de son corps à travers ses propres vêtements. Figeant son regard dans le sien, elle lui dit :

— Tu es à moi maintenant. Toute résistance est inutile. Et elle lui offrit un baiser comme seules les femmes persuadées de la puissance de leurs charmes savent le faire ; un baiser privilège.

Secours, vaincu, s'abandonna devant l'inévitable. Lui retirant son éternel t-shirt, Marie-Belle fit un pas en arrière pour admirer le torse ferme et musclé de Gilles Secours. Elle émit un court sifflement.

— Pas mal, pour un intello ! J'avais remarqué dès notre première rencontre que tu avais de belles fesses, mais là !

— J'ai gagné des dizaines d'abonnements à des clubs de gym, il faut bien que ça serve parfois.

Ce disant, et comme pour faire la démonstration de sa force musculaire, il souleva Marie-Belle pour la porter jusqu'à la chambre à coucher. Lorsqu'ils furent tous deux allongés, elle lui enleva ses lunettes, mais Gilles Secours les remit en place immédiatement.

— Sans elles, je ne te verrais que dans un nuage. Alors, je les garde. Crois-moi, ça vaut le coup d'œil !

Les amants s'étreignirent comme des bêtes affamées. Leur désir mutuel, si longtemps réfréné, laissait place à une euphorie de sensations aux saveurs de peau dans la moiteur. Une fois en communion, Marie-Belle l'enserra de ses jambes pour le posséder au plus profond d'elle-même. Ils entamèrent ainsi un ballet aux balancements lascifs qui leur fit perdre contact avec le réel. Pour Gilles Secours, l'univers n'était qu'effluves de chevelure valsante et douce satinade d'épiderme. Les mains, les membres et les bouches se perdaient et se retrouvaient dans un caléidoscope d'émois torrides. À l'atteinte du grand frisson, les joues rosies de Marie-Belle se couvrirent de larmes pendant que Gilles était transpercé par un éclair qui fit exploser chaque cellule de son corps. Épuisés et repus, ils desserrèrent leur étreinte sans vraiment s'éloigner l'un de l'autre. Essuyant du bout des doigts les quelques larmes qui ruisselaient toujours sur le visage de sa belle, Gilles murmura :

— Je ne voulais pas te faire pleurer.

— Du chagrin comme celui-là, je t'en redemanderai, mon amour, répondit-elle en posant la tête sur sa poitrine.

Ils demeurèrent ainsi un bon moment, dans un silence béat. Puis, Marie-Belle, s'assoyant, eut un sourire taquin.

— Est-ce que tous les intellos baisent comme ça ? Parce que si c'est ainsi, je renonce pour toujours aux mauvais garçons.

— À la défense de ma cohorte, répliqua Secours sur le même ton espiègle, je te dirais que nous, les intellos, avons une large connaissance théorique de la chose, qui ne demande qu'à être mise en pratique. Mais je dois aussi reconnaître que depuis que j'ai fait ta rencontre, je côtoie un tueur à gages, j'ai la police et le gouvernement à mes trousses en plus d'être l'amant de la femme d'un des hommes les plus dangereux du pays. Ce qui ne fait pas particulièrement de moi un *bon garçon* ! Et ils éclatèrent tous deux de rire en se roulant dans les draps froissés par leurs enlacements impétueux.

Soudain grave, Marie-Belle prit le visage de son amant entre ses mains.

— Tu sais, c'est la première fois.

— La première fois ?

— Que je fais l'amour à un homme que j'aime.

— Eh bien, répondit Secours, soufflé par l'émotion, n'en restons pas là. Allons-y pour la deuxième fois ! Et, l'allongeant à nouveau, il lui souleva le bassin de ses deux mains et fondit embrasser sa toison.

❧

Le lendemain matin, Jacques Ouelette était de retour à l'appartement de son étudiante. Après avoir frappé à la porte plusieurs fois sans avoir obtenu de réponse, il s'enquit auprès du concierge de la jeune fille qui habitait au 207. Celui-ci lui dit qu'il devait faire erreur, car cet appartement était généralement vide. Il était loué par une entreprise polonaise qui s'en servait quelques fois par année en guise de pied-à-terre pour ses cadres en visite. La compagnie payait le loyer d'un seul chèque, une fois par année, et il n'entendait plus parler de rien. Il avait bien un numéro de téléphone, en cas de problème, mais c'était un numéro outre-mer. Ouelette le nota, à tout hasard. De retour dans sa limousine, quand il le composa, une femme qui ne parlait ni l'anglais ni le français lui répondit dans une langue qui était vraisemblablement du polonais. Seul dans le silence de sa voiture de dignitaire, le ministre sentit monter en lui l'angoisse des hommes traqués.

Vincent Grenier, pour sa part, revenait à sa chambre après avoir pris son petit-déjeuner dans la salle à manger de l'hôtel. Les journaux du matin ne parlaient plus de la tentative de meurtre avortée de la veille, si ce n'était que pour dire que le Boss aurait vraisemblablement son congé de l'hôpital ce matin-là. Au sortir de la douche, Grenier ouvrit le téléviseur et se mit à zapper d'une chaîne à l'autre. Sa seconde journée de réclusion se limiterait sans doute, tout comme celle de la veille, à essayer de faire passer le temps en lisant et en écoutant les sempiternelles sornettes diffusées à la télévision. Il faillit renverser son café lorsqu'il tomba sur un entrefilet qui faisait état d'une seconde tentative d'assassinat sur la personne du « Boss ». Revenant de l'hôpital et toujours sanglé sur sa civière, il fut accueilli au pénitencier de Saint-Vincent par un codétenu qui tenta de l'étrangler en vociférant qu'il était l'envoyé de Dieu et que Marcel Ryan était l'ange de Belzébuth. Le délire de l'homme prit tout le monde par surprise et bien que le Boss fût un homme robuste, il ne pouvait se défendre, attaché qu'il était à la civière de transport. Il fallut l'intervention de plusieurs hommes pour maîtriser le dément, qui réussit quand même à briser le bras d'un garde et à en assommer un autre avant qu'on le mette hors d'état de nuire. Grenier n'en croyait pas ses yeux. Il s'agissait probablement d'une improvisation de dernière minute, car la seconde agression de leur plan n'était prévue que dans la soirée. Quoi qu'il en soit, ce second scénario avait toute la crédibilité nécessaire et Grenier dut reconnaître que Manny ou Secours étaient des collègues pleins de ressources.

Dans l'après-midi, James Thompson, le PDG de la Société des loteries, ouvrit son ordinateur pour prendre ses courriels. À sa grande surprise, au lieu de voir apparaître son fond d'écran habituel, il se retrouva nez à nez avec l'image de Gilles Secours, qui avait piraté l'ordinateur de Thompson et qui diffusait sur celui-ci en temps réel.

— *What the fuck is that!*

Contre toute attente, l'image de Secours lui répondit.

— Bonjour, monsieur Thompson. Mon nom est Gilles Secours. J'espère que vous allez bien ?

L'homme tentait par tous les moyens de faire disparaître cette image importune de son écran.

— Si j'étais vous, je ne couperais pas la communication. À moins que vous préfériez que je diffuse mon message en simultané sur tous les ordinateurs de la Société des loteries ?

Constatant que, de toute façon, ses tentatives de déconnexion étaient vaines, l'homme obtempéra.

— *OK, you clown, go ahead.*

— Je sais que vous savez qui je suis. Alors, ne perdons pas de temps. Ce que vous ne saviez pas, jusqu'à maintenant, c'est que j'ai trouvé comment vous faites pour truquer la loterie. J'avoue que je n'ai pas beaucoup de mérite, j'y suis arrivé beaucoup plus par hasard que par génie. Mais après tout, n'est-ce pas comme ça que devrait se dérouler la loterie, par chance ? Quoi qu'il en soit, vous et vos sept compagnons êtes vraiment dans la merde. Le simple fait que je puisse vous parler maintenant dans le confort de votre bureau vous prouve que les codes de sécurité de votre société n'ont plus de secrets pour moi.

— *So! How much do you want?*

— Non, je ne veux pas d'argent. Si tel avait été le cas, je me serais contenté de faire en sorte qu'une des loteries que vous trafiquez tire les numéros que j'aurais choisis. Je transmettrai mes instructions à propos de ce que je veux à un de vos collègues. Ce que je tiens à vous transmettre, pour l'instant, c'est le type de représailles auxquelles vous vous exposeriez si jamais il vous venait à l'idée de ne pas collaborer. Désirez-vous prendre des notes ? Non ? Bon. Alors, voici. Advenant un refus de votre part, nous attendrons le moment propice, puis nous choisirons au hasard un des jeux que vous truquez et nous ferons parvenir, environ une heure avant le tirage, la combinaison gagnante à cent cinquante mille personnes du Québec par Internet. Imaginez le merdier ! Nous pourrions aussi modifier vos choix à votre insu et, par conséquent, vos gentils amis qui espéraient recevoir leur dû verraient celui-ci s'envoler. *Adios !* Sans parler du fait que nous pourrions dévoiler votre combine au…

— *All right, all right. I got it.*

— Parfait. Je vois que vous êtes un petit anglo tout ce qu'il y a de plus raisonnable. Alors, demeurez sage et nous contacterons un de vos collègues pour la suite. D'ici là, revoyez vos algorithmes, ça pourrait servir.

Et l'image de Secours disparut de son écran pour faire place à une photo représentant la reine d'Angleterre avec une barbe. On pouvait lire sous le cliché : *Don't shave the Queen.*

20. LA VALSE À QUATRE TEMPS

Le meurtre suppose et couronne la révolte : celui qui ignore le
désir de tuer aura beau professer des opinions subversives, il
ne sera jamais qu'un conformiste.

EMIL MICHEL CIORAN

LE MOMENT VENU, GRENIER EUT UNE SURPRISE en rapportant la Reatta à Jérémy. Sa voiture était devant le garage et un mot l'attendait sur le pare-brise :

Salut, mon bonhomme. J'ai parlé avec Marie-Belle et je crois qu'elle est encore plus « folle » que moi (ce qui n'est pas rien). Laisse la Reatta ici et pars avec celle-là. Je te l'offre. Il faut bien s'amuser, non ?

Bonne chance.

Jérémy

Grenier jeta son sac à dos dans la Sunfire et partit à nouveau pour Laval-sur-le-Lac. L'automobile avait gardé son apparence de vieille guimbarde mais ce n'était qu'une illusion. Du point de vue de son pilote, elle se comportait comme un guépard furieux prêt à bondir au moindre coup d'accélérateur. Arrivé sur les lieux, après avoir effectué quelques manœuvres pour saisir toute la fougue de cette mécanique travestie, il se gara au Club de golf et enfila des vêtements chauds. La neige, comme l'avait annoncé le canal météo, tombait en rafales depuis le matin et dansait sur le sol au gré des bourrasques de vent. Au dos du parka de Grenier et sur son sac on pouvait voir clairement le logo d'une compagnie locale de systèmes d'alarme. C'était sa couverture au cas où il serait dérangé. S'approchant de la fenêtre avant du bâtiment qui donnait sur une vaste salle de séjour au toit cathédrale, Vincent Grenier extirpa de son sac une perceuse sans fil à très longue mèche. Avec calme, il entreprit de percer le cadre de la fenêtre de façon à obtenir un orifice, à peine plus grand qu'une paille à boire, qui traversait le cadre de part et d'autre. Une fois la mèche retirée, il inséra un tube dans le trou ainsi créé et souffla dans celui-ci de toutes ses forces. Rien ne se produisit. Ce qui ne voulait pas dire que l'alarme ne se déclenchait pas avec un mouvement d'air, mais bien qu'il fallait attendre, question de voir s'il n'y avait pas une alarme silencieuse qui ferait accourir les policiers. Comme la rue des Peupliers était droite et dégagée, il était facile pour Grenier de suivre les allées et venues sur celle-ci sans se faire surprendre. Après environ une heure d'attente, Grenier eut la presque certitude qu'il n'y avait pas d'alarme silencieuse, car personne n'était venu. Il alla donc se réfugier dans son véhicule et attendit la tombée du jour, qui arrivait très tôt en cette période de l'année.

Au crépuscule, Grenier revint à la maison et inséra une mince tige dans l'orifice du cadre de fenêtre qu'il avait percé précédemment. L'extrémité de celle-ci était pourvue d'un minuscule ballon qui se gonfla lorsque Vincent Grenier y connecta une capsule d'hélium comprimé. Atteignant son volume maximal, le ballon se détacha de sa tige pour s'envoler vers le plafond en se balançant. Comme l'espérait Grenier, le vol du ballon fut capté par un des détecteurs de mouvements du système d'alarme installé dans la demeure de Pierre Bélanger. Le chant strident d'une sirène se fit entendre, indiquant à Grenier que son stratagème était efficace. Grenier disparut entre les arbres pour rejoindre son point d'observation situé sur le terrain du golf. Quelques minutes plus tard, une patrouille de police arrivait sur les lieux, mais sans sirène. Une, c'était déjà bien assez dans ce quartier qui chérissait sa quiétude. Le vent ayant fait son travail, les agents de police ne virent aucune trace de pas sur le terrain de Bélanger. Ils sondèrent toutes les entrées, firent le tour de la propriété deux fois, regardèrent à l'intérieur du bâtiment et en arrivèrent à la conclusion qu'il s'agissait d'une fausse alarme puisqu'il n'y avait aucune trace d'effraction. Le minuscule trou dans le cadre de la fenêtre passa inaperçu. Ils ne virent pas plus le petit ballon à l'hélium qui dansait au plafond. Quand on ne sait pas ce qu'on cherche, il est très difficile de le trouver. Cette phrase, qui aurait pu être de Confucius, avait servi Grenier à maintes reprises dans sa carrière clandestine. Heureux des résultats de son stratagème, il vit les policiers s'adresser au central depuis leur voiture et, à peine une minute plus tard, l'alarme cessa de chanter. Grenier jubilait, mais ce n'était que le premier acte. Une fois les policiers partis, Vincent Grenier attendit à peu près trente minutes puis revint à la résidence de Bélanger pour lancer un deuxième ballon. Cette fois, il se déplaça avec beaucoup plus de précautions, car les voisins, bien qu'éloignés, seraient plus à l'affût, dérangés à nouveau par cette seconde alarme. Comme il l'espérait, les policiers mirent plus de temps à intervenir la seconde fois et leur inspection, dans la neige et le froid, fut plus rapide. À nouveau, ils communiquèrent avec le central et, encore une fois, l'alarme cessa sa plainte stridente. Le deuxième acte avait été joué avec succès, mais il fallait maintenant s'attaquer au troisième acte, la scène la plus fatale et la plus risquée. À peine les policiers avaient-ils disparu en tournant sur la rue des Érables que Grenier s'élança à toute vitesse hors de sa cachette pour aller faire voler un troisième ballon. Comme la patrouille de police était toujours à proximité, Vincent savait qu'il n'aurait pas le temps de retourner à sa cachette sans prendre le risque d'être vu par les policiers ou par un des résidants du quartier. Avant même que le troisième ballon ait terminé sa progression, Grenier aborda l'ascension de l'antenne de télévision pour aller se dissimuler dans la pénombre du toit. Si le vent n'arrivait pas à effacer ses traces avant que la patrouille ne revienne, il serait quitte pour devoir abandonner et s'enfuir. Mais le froid, qui était devenu mordant avec l'arrivée de la nuit, était un allié de taille. Les policiers, qui ne s'étaient pas encore réchauffés complètement à la suite de leur dernière inspection, revinrent sur les lieux en affichant une frustration évidente. Ils en avaient marre de perdre leur temps et de se les geler pour des pleins de fric incapables de se payer un système d'alarme décent. Du haut de son perchoir, Grenier put aussi apercevoir un voisin, sorti de sa tanière, qui vint s'entretenir avec les policiers pour se plaindre du boucan causé par toutes ces alarmes dérangeantes. L'homme était sûrement un notable, car les deux constables s'adressèrent à lui avec déférence et allèrent jusqu'à s'excuser du dérangement. Grenier eut une bonne pensée pour les gens du canal météo. Ce n'était pas tous les jours que leurs prédictions s'avéraient si justes et si utiles. Une fois les agents repartis et tout en fredonnant mentalement *Mon pays ce n'est pas un pays c'est l'hiver,* Grenier descendit de son perchoir et décocha un baiser imaginaire à la bourrasque qui continuait à faire valser la neige entre ciel et terre. Revenu sur la terre ferme, un sourire aux lèvres malgré le froid qui les faisait se fendiller, il fit décoller un quatrième ballon. Comme il s'y attendait, rien ne se produisit. L'alarme dérangeante et délinquante avait été bâillonnée, par respect pour le travail des honnêtes policiers et pour la quiétude des honnêtes citoyens. *C'est toujours payant l'honnêteté,* se dit Grenier en entrant dans la ravissante maison de Pierre Bélanger.

Sa tâche terminée, Grenier alla se poster avec son véhicule à la mécanique gonflée près de l'arche qui déterminait la frontière entre Laval et Laval-sur-le-Lac. La construction de pierre, symbole de l'accession au monde des nantis, assurait un poste de dissimulation parfait pour attendre l'arrivée d'une proie, en l'occurrence, la BMW 323i de Pierre Bélanger. Il était près de vingt-trois heures quand

Vincent Grenier vit passer sous son nez le véhicule attendu. Il mit le contact et bondit sur la route, en chasse de sa pâture. Dès que Bélanger se fut engagé sur la rue des Érables, Grenier fit rugir le puissant moteur de sa fausse Sunfire et alla emboutir l'arrière de la BMW avec violence. Le conducteur, surpris, ralentit pour voir son agresseur exécuter un sprint dans le but évident de lui barrer la route. Affolé, Bélanger appuya à fond sur l'accélérateur, espérant ainsi fuir ce malade qui s'en prenait à lui sans raison apparente. Malgré l'accélération, l'autre véhicule, un vieux tacot, lui filait le train et parvint même à le rattraper dans une course cauchemardesque. Le pilote de la Sunfire, qui arrivait sur sa gauche, donna un brusque coup de volant vers la droite. S'ensuivit un chaos retentissant de métal tordu qui faillit projeter Bélanger à l'extérieur de la chaussée, dans le taillis en bordure du golf. Le cœur du comptable battait à tout rompre tandis que Grenier frappait son véhicule à l'arrière une fois de plus, envoyant celui-ci valser dangereusement de part et d'autre de la rue des Peupliers. Croyant sa dernière heure arrivée, Bélanger fonçait aveuglément, projetant dangereusement sa voiture en l'air chaque fois qu'il franchissait un des nombreux vallons dont était parsemée la rue, entraîné par la terreur et l'énergie du désespoir. Voyant l'autre jeter à nouveau son véhicule sur lui, il céda à la panique et, hurlant, attendit le choc final. La Sunfire l'évita de justesse et disparut dans un fatras de tôle froissée en tournant abruptement sur la rue des Pins. Sauvé *in extremis* par cette manœuvre inattendue, Pierre Bélanger sortit en titubant de sa voiture pour courir se réfugier dans sa demeure. À peine entré, il verrouillait sa porte à double tour pour découvrir, écrit à la peinture en bonbonne, sur le mur de sa salle de séjour :

ON VA T'AVOIR MON CHRISS

LE GROS LOT POUR TOÉ

CÉ UNE BALLE DANS TÊTE

Et Bélanger s'écroula, victime de son premier infarctus.

21. ACCORDER LES INSTRUMENTS DU POUVOIR

La vie telle que nous la vivons, telle que nous la connaissons,
c'est d'abord la souffrance et le meurtre.

RENÉ BARJAVEL

APRÈS AVOIR PRONONCÉ, devant la direction du pénitencier, un vif plaidoyer en faveur d'un transfert de son client dans le but de protéger son intégrité physique, Grégory Laferrière entra dans la cellule du Boss visiblement satisfait de sa performance.

— Ils ont la chienne, Boss. C'est moi qui vous le dis. Le directeur est fou de rage à l'idée de passer pour un con. Ça avance.

— Je trouve que tu vas un peu trop vite pour moi, répliqua le chef des motards. J'étais d'accord pour me laisser empoisonner un peu, mais vous auriez pu m'avertir avant que le gros Babou me saute dessus. J'ai failli lui rire dans la face quand je l'ai vu faire ses grimaces. Pis en plus, il m'a fait mal, le gros câlisse, quand il a fait semblant de m'étrangler.

Laferrière n'eut d'autre choix que de révéler la vérité à son client. L'agression perpétrée contre lui par le surnommé Babou n'avait rien à voir avec leur plan. L'homme avait agi de son plein gré, sans même savoir ce qui se tramait. La seconde pseudo-tentative de meurtre, selon le plan prévu, aurait dû avoir lieu beaucoup plus tard dans la journée et impliquait une électrocution à partir du bouton de son téléviseur.

— Vous êtes fous, tabarnac! Je commence à croire que c'est vrai qu'il faut que je sorte d'ici au plus sacrant avant que ce soit toi-même qui me tues. M'électrocuter! M'électrocuter!

Et le Boss, en proie à un accès de colère malgré sa faible condition, fit expulser le juriste de sa cellule.

Ardavast Menchourian, Marie-Belle Davis, Gilles Secours et Vincent Grenier s'étaient donné rendez-vous, cet après-midi-là, à l'appartement qui leur servait de repaire. Il était temps de faire le point et de passer à la phase finale de leur opération. Marie-Belle et Gilles racontèrent, avec une complicité manifeste, la prise au piège du ministre. Gilles fit circuler quelques photos, que Manny s'abstint de regarder. Secours poursuivit, en brossant un tableau du déroulement de sa causette avec le PDG de la Société des loteries. Menchourian, pour sa part, avait téléphoné à sa logeuse pour prendre ses messages. C'est ainsi qu'il avait appris qu'un jeune homme, tentant de se faire passer pour un fonctionnaire, était venu inspecter son appartement, quelques jours plus tôt. La vieille dame lui fit également savoir que le téléphone qu'il avait fait installer chez elle avait sonné à une seule occasion et que, comme il avait été entendu, elle avait répondu à cet appel en ne parlant que le polonais. Personne n'avait rappelé par la suite. Ce qui laissait entendre que Manny avait bien fait de se croire lui aussi surveillé et que Jacques Ouelette était désormais au courant qu'il s'était fait piéger. Contrairement à son habitude, c'est Vincent Grenier qui fut le plus loquace du groupe dans sa description des événements. Il décrivit, avec force détails, sa rencontre avec le coloré mécano et son incursion involontaire dans le monde des transgenres. Ce qui fit glousser Marie-Belle. Gilles Secours prit en main le déroulement final des opérations.

— Maintenant que nos trois oiseaux sont mûrs, lequel d'entre eux a le plus d'influence sur les autres ?

— Je crois que c'est le mien, affirma immédiatement Grenier. Bélanger a perdu toute contenance tellement il a peur. Il me fait penser à cet homme, projeté du haut d'un édifice de cent étages qui, une fois la panique des premiers étages passée, cherche la position la plus confortable pour poursuivre sa chute, par souci pour sa qualité de vie.

Il ignorait que sa victime avait été foudroyée par un infarctus.

— Je ne crois pas que ce soit mon anglais, dit Secours. Ce type-là est un béni-oui-oui ; il attendra les instructions des autres.

— Pour ma part, (Manny avait pris la parole) il me semble que nous devrions plutôt nous demander si l'un d'entre eux ne serait pas plus facile à contacter que les autres.

— Dans ce cas, mon ministre est à proscrire, ricana Marie-Belle. Il doit se terrer derrière toute la sécurité possible.

— C'est vrai, ma belle, enchaîna Menchourian. Sauf si nous avons une entrée chez lui. Et justement, j'en ai une : c'est moi qui accorde le piano de sa femme ! L'Arménien rayonnait de contentement tandis que ses compagnons faisaient l'éloge de ses si grandes ressources. Leur aventure devenait une véritable partie de plaisir et Menchourian s'amusait comme un enfant à la fête foraine.

Malgré la possibilité que Menchourian et Marie-Belle aient été associés à la dernière mésaventure du ministre Ouelette, Ardavast prit le risque de téléphoner à la femme du ministre vers la fin de l'après-midi. Prétextant une pièce à changer sur son piano, il lui demanda s'il pouvait passer chez elle en soirée. Elle répondit qu'elle n'y voyait aucun inconvénient et que, de toute façon, même si elle devait s'absenter, son mari serait à la maison toute la journée. Il avait pris une journée de repos. Le pauvre homme semblait exténué.

Le même jour, dans l'après-midi, James Thompson et Jacques Ouelette se rencontraient à l'Institut de cardiologie de Montréal, au chevet de leur acolyte Pierre Bélanger, qui y séjournait à la suite de son attaque cardiaque. L'homme alité était vert et affichait tous les symptômes d'un choc post-traumatique. Thompson n'était pas beaucoup plus vaillant. Quant à Ouelette, il ignorait encore la portée de ses actes de la veille, mais les mésaventures de ses complices lui faisaient craindre le pire. À la demande de Ouelette, deux policiers montaient la garde à l'entrée de la chambre. Bélanger paniquait.

— Ces gars-là sont des fous. Ils vont tous nous tuer un par un. Je ne sais pas comment ils s'y sont pris, mais ils avaient saboté ma BM ! J'essayais d'accélérer, mais mon char avançait pas. L'autre me rattrapait toujours avec sa minoune. À moins qu'ils m'aient drogué. Je ne sais plus… Il faut leur donner ce qu'ils veulent !

— *Calm down, Pete*. On sait même pas ce qu'ils veulent, mais ils savent beaucoup trop de choses. Secours sait comment on fait avec les tirages. Il m'a même dit qu'on était huit dans le *deal*. Il a *busté* notre *system* puis il sait quelles loteries sont truquées. Le *son of a bitch* a même fait un *joke* avec les *algorithms*. *They're not after money, he said. So, fuck, what else?*

Ouelette tentait d'y voir clair. Il était le seul à avoir gardé un semblant de calme.

— Il est certain qu'on ne peut pas les laisser divulguer ce qu'ils savent. Les conséquences seraient désastreuses, et pas seulement pour les gens de « la poule aux œufs d'or ». Il y a des gens impliqués là-dedans à tous les niveaux, jusqu'au bureau du premier ministre. Je crois que nous n'avons pas d'autre choix que d'attendre et de voir exactement ce qu'ils veulent. L'expérience nous a démontré que tout le monde a un prix. Nous serons fixés sur le leur d'ici peu, j'imagine. Restons en lien et le premier qui apprend quelque chose, ou qui est contacté, avertit les deux autres. Inutile, pour l'instant, de répandre la nouvelle parmi l'équipe de « la poule ». Comme ça, on pourra peut-être éviter le pire.

Malgré son flegme composé, Ouelette était désormais au bord de la panique. Si ces forcenés, se disait-il, choisissaient de révéler la falsification de la loterie par un quelconque accès d'idéalisme ou par volonté de rendre justice, il en résulterait un véritable raz-de-marée dans l'opinion publique et de nombreuses têtes, à commencer par la sienne, tomberaient. À moins que sa femme ne le tue, elle-même, auparavant ?

Ardavast Menchourian se pointa chez le ministre vers vingt heures trente. Habituée à sa présence depuis tant d'années, la fille aînée des Ouelette fit entrer l'accordeur de piano sans cérémonies. Le vieil homme connaissait les airs de la maison et se dirigea d'un pas lent vers le Steinway, situé dans le grand salon du deuxième. Menchourian n'aurait jamais osé l'avouer, pas même à son épouse si elle avait été encore de ce monde, mais il était fébrile. Jamais de sa vie il n'avait ressenti une telle excitation. Il fallait qu'il use de tout son sang-froid pour que ses mains ne tremblent pas. Il avait envie de hurler, de danser ou encore de lancer n'importe quoi à la tête de n'importe qui tellement ses émotions s'entremêlaient. Il respira profondément et se mit à réciter des vers mentalement dans le but de retrouver son calme.

La maison sentait le cuir, le bois et le tabac, ce qui signifiait que le maître des lieux était présent, fumant probablement un Havane quelque part dans la maison. De son bureau, Jacques Ouelette perçut le son familier d'un piano qu'on accorde et sourit en pensant au sympathique Arménien qui chouchoutait le piano de sa femme depuis qu'ils avaient emménagé, bien des années auparavant, dans leur maison de Westmount. La présence de cet homme ponctuel aux manières exquises et au langage ampoulé jetait un baume rassurant sur cette fin de journée angoissante. Ouelette eut une pensée reconnaissante pour ce vieillard artisan qui incarnait, à ses yeux, la stabilité et la continuité tranquille. Il sortit donc de son bureau, son cigare au bec, pour aller le saluer.

— Monsieur Menchourian, quel bon vent vous amène ?

— *Bari yereko*, bonsoir, monsieur le ministre. Désolé de vous importuner, je n'en ai que pour quelques minutes. Une petite pièce à remplacer.

— Prenez tout votre temps, mon cher ami. Un pastis ?

— *Kh'ntrem !* Avec plaisir. D'ailleurs, j'aimerais bien vous entretenir d'un petit quelque chose qui me tracasse... si vous n'y voyez pas d'objection ?

Ouelette, tout heureux de pouvoir rendre service à son hôte, l'invita à compléter sa réparation pour ensuite venir le rejoindre dans son bureau, où son pastis l'attendrait. Menchourian fit semblant de terminer sa réparation, malgré ses mains moites et tremblantes, puis se dirigea vers le bureau du ministre. Il était heureux que celui-ci n'ait pas voulu lui serrer la main, ce qui aurait trahi sa nervosité. Il en remercia sa clé d'accordeur, qu'il tenait à la main à ce moment-là.

Jacques Ouelette s'était installé, avec son cigare, derrière son vaste pupitre de style anglais et avait déposé le verre de pastis devant un des deux fauteuils de cuir capitonné qui y faisaient face. Ardavast Menchourian prit donc place à l'endroit désigné et avala une bonne rasade de pastis, question de se donner une contenance.

— Alors, mon cher ami, demanda Ouelette, qu'est-ce qui vous tracasse ?

L'alcool faisait son effet, ce qui permit à Menchourian de retirer une enveloppe de son vieil attaché-case sans trop trembler.

— Ceci, répondit-il. Et il tendit l'enveloppe au ministre.

L'enveloppe contenait une vingtaine de photos, grand format et très explicites, de la rencontre de Jacques Ouelette avec Marie-Belle Davis. Le regard affolé du ministre allait des photos à Menchourian, pour retourner aux photos et encore à Menchourian. Muet de consternation et pâle comme la mort, Ouelette demeurait figé, pris dans le tourbillon de ce carrousel composé de photos de lui à demi nu dans les bras d'une jeune inconnue et du regard impavide d'un homme, qu'il avait cru inoffensif, qui s'apprêtait à détruire son univers. Constatant que Ouelette n'arrivait pas à desserrer les lèvres, Ardavast lui demanda :

— Savez-vous de qui il s'agit ?

L'homme se contenta, le regard vide, de hocher lentement la tête, en signe de négation, les lèvres serrées.

— Il s'agit de Marie-Belle Davis, la femme de Marcel Ryan, « le Boss ».

Son cigare était éteint et il ne pensa pas à le rallumer. Défait, il remit lentement les photos dans leur enveloppe, une à une, puis la rendit à Menchourian. C'est la voix tremblante qu'il réussit à articuler :

— Que voulez-vous ?

Menchourian parla lentement, craignant que son interlocuteur ne saisisse pas toutes les subtilités de la commande qu'il aurait ensuite à transmettre à ses acolytes.

— Tout d'abord, nous voulons que vous accordiez une immunité complète à Vincent Grenier et à Gilles Secours. Nous avons nos raisons de croire que vos gens ont tenté de les assassiner. Cette immunité sera accompagnée d'un sauf-conduit, de façon à ce qu'ils puissent quitter le pays sans être importunés. Ces photos seront, en quelque sorte, notre police d'assurance à cet effet. Votre charmante épouse les verrait sans doute d'un mauvais oeil, mais ce n'est rien en comparaison de ce qui se passerait si le public apprenait que le ministre des Finances fornique avec la femme du chef des motards criminalisés. Ça va ?

— Continuez.

Ouelette reprenait peu à peu ses couleurs, comme si le rendu de la sentence allégeait sa réalité peuplée des pires appréhensions.

— Comme nous en avons déjà fait part à votre collègue Thompson, nous nous sommes introduits dans vos systèmes informatiques et avons découvert votre méthode pour truquer la loterie. Nous connaissons aussi les noms des personnes impliquées dans cette fourberie et le compte exact des sommes détournées. Comme vous le savez aussi, nous pourrions divulguer cette information dans les médias.

Mais, comme les médias sont aussi impliqués avec vous, nous avons également la possibilité de transmettre le résultat d'une loterie, choisie au hasard, à cent cinquante mille internautes, une heure avant le tirage. Je crois que je n'ai pas besoin de vous expliquer les conséquences d'une telle action sur les membres de votre entourage.

— Je suis un imbécile, pas un attardé. Qu'attendez-vous en échange ?

— Cette deuxième police d'assurance doit nous garantir, à Marie-Belle Davis et à moi, les mêmes conditions que celles demandées pour nos amis Secours et Grenier.

— Qu'on vous foute la paix et qu'on vous laisse filer… C'est tout ?

— Bien sûr que non, je gardais le meilleur pour la fin. Vous allez convaincre votre ami le ministre de la Justice d'ordonner que Marcel Ryan soit transféré dans un pénitencier dont la localisation, à l'extérieur du pays, sera gardée secrète. Il prétextera que c'est la seule façon efficace d'assurer sa sécurité, puisque monsieur Ryan a été victime de deux tentatives d'assassinat au sein même du milieu carcéral, supposément sécuritaire. En fait, c'est ce qu'il devra faire croire au public et à un maximum de personnes qui sont impliquées dans votre affaire. En vérité, vous allez simplement le laisser quitter le pays en compagnie de sa femme et du reste de notre équipe, sans jamais chercher à savoir où il ira ; ni lui, ni nous.

Ouelette respirait à nouveau. Son collègue, ministre de la Justice, était beaucoup trop embourbé dans cette affaire pour ne pas obtempérer. Se débarrasser du Boss était un prix modeste à payer par rapport à ce que ses extorqueurs avaient en main.

— C'est tout ? Pas d'argent ?

— *Dram problem chika !* L'argent, ce n'est pas un problème. Pas pour nous. Par contre, en ce qui vous concerne tous, je vous rappelle que nous avons les détails des dépôts correspondants à vos malversations. Ce qui nous offre une pléiade de personnes influentes à faire chanter, au cas où. Après tout, vous pourriez changer votre méthode de trucage et faire disparaître une de nos polices d'assurance. C'est pourquoi nous conserverons, également en lieu sûr, ces clichés que je vous ai apportés aujourd'hui. Vous avez quarante-huit heures. *Bari gisher,* bonne nuit, monsieur le ministre.

Et Ardavast Menchourian quitta la maison de Westmount le cœur léger avec le sentiment du devoir accompli, sans un dernier regard pour son interlocuteur pris au piège.

22. LA VIE D'INSULAIRES

La beauté est la plus pernicieuse des formes de dictature.

ARDAVAST MENCHOURIAN

LE SCÉNARIO SE DÉROULA SANS HEURTS. Le ministre de la Justice donna une conférence de presse pour expliquer que son équipe avait négocié une entente extraordinaire dans le but de protéger l'intégrité physique du Boss. Il se targuait de gérer un ministère qui avait à cœur de protéger les droits de chacun, fussent-ils des criminels notoires. C'est pourquoi Monsieur Ryan serait transféré dans un pénitencier à l'extérieur du pays, dans un lieu que seul lui-même connaîtrait. Ce secret était indispensable à la sécurité du concerné. Étrangement, ce fut Maître Laferrière qui retint l'attention des médias lors de cette conférence de presse. Le juriste avait défendu « le Boss » toute sa vie et se retrouverait, du jour au lendemain, sans son unique client. Le flamboyant avocat qui avait acquis sa célébrité à l'ombre du « Boss » surprit tout le monde en annonçant qu'il quittait la toge pour retourner sur les bancs d'école. À cinquante ans et des poussières, il souhaitait désormais étudier la psychologie, un domaine qui le fascinait et auquel il avait été initié par une bonne amie.

Quand le fourgon pénitencier emporta Marcel Ryan, celui-ci se demanda jusqu'au dernier instant si le plan de Marie-Belle et de Grégory Laferrière n'était pas un piège dans lequel il y laisserait sa peau. À environ cinquante kilomètres de Montréal, le véhicule s'immobilisa sur la route. Les deux gardes qui l'accompagnaient descendirent ainsi que le chauffeur pour être remplacés par trois autres policiers.

— C'est ici qu'on débarque, Boss, déclara, rendu à terre, le plus jeune des deux gardes. Y paraît qu'y faut pas qu'on sache où tu t'en vas. J'espère que c'est en Amérique du Sud ou en Arabie, là où y a des rats gros comme ça pis des gros gardiens qui t'enculent. Salut ! Et il referma le fourgon sur les deux nouveaux gardiens sans leur dire un mot, tel qu'il avait été convenu.

Dès que le fourgon démarra, les deux nouveaux gardiens du Boss détachèrent ses menottes. Marcel Ryan souriait de toutes ses dents d'avoir reconnu son héros de jeux télévisés, Gilles Secours, habillé en policier. Une fois les mains déliées, Secours lui présenta Vincent Grenier, son second gardien, et commença à lui expliquer le rôle qu'il avait tenu dans cette affaire. Arrivés à la hauteur de Saint-Jérôme, le véhicule entra dans un hangar et tous sortirent à l'air libre. Ardavast Menchourian, qui avait servi de chauffeur, échangea une chaude et intense accolade avec le prisonnier libéré. Secours et Grenier comprirent, devant cette effusion d'affection, que les deux hommes étaient fortement attachés l'un à l'autre, depuis longtemps. Menchourian pleurait sans honte. Cette touchante scène fut interrompue par l'arrivée d'une camionnette blanche conduite par Marie-Belle. Celle-ci sauta prestement en dehors du véhicule pour aller rejoindre Marcel Ryan qu'elle enlaça avec ferveur. Préférant ne pas assister à cette scène, Secours fit mine de s'affairer à son bagage. Il fut rapidement imité par Grenier, qui n'était pas dupe des sentiments qu'avaient partagés, jusqu'à ce jour, Gilles Secours et Marie-Belle. Le Boss aussi avait sa part de troubles. Incarcéré depuis de nombreuses années, il n'avait pas vraiment eu le temps pour se faire à l'idée d'une liberté prochaine. La rapidité avec laquelle les événements s'étaient bousculés l'avait rendu vulnérable. Alors qu'il aurait dû vivre un moment d'intense allégresse, il ressentait plutôt une vive angoisse qui enserrait sa poitrine et lui arrachait le souffle. Il ne partageait pas la désinvolture de ceux qui l'avaient délivré des griffes de la justice et appréhendait une arrivée en force des autorités à tout moment. Tous montèrent à bord de la camionnette et prirent la route vers le petit aéroport de Mascouche. Là, un biplan les emporta, à l'exception de Vincent Grenier, vers une destination qui resterait, pour toujours, inconnue. Grenier, lui, s'embarqua vers la France, où il allait rejoindre sa femme et sa fille, une enveloppe remplie de photos sous le bras, en guise de protection ultime.

Trois mois s'étaient écoulés depuis leur arrivée dans cette petite bourgade antillaise. La ville, qui abritait un petit port de mer, offrait juste ce qu'il fallait de civilisation et d'isolement. Manny s'y était vite plu et avait troqué ses imprescriptibles complets élimés pour des bermudas et des chemises aux couleurs vives. Il s'était rapidement lié d'amitié avec quelques intellectuels locaux ainsi qu'avec un écrivain qui s'était établi dans l'archipel, qui connaissait un certain succès en Occident. Les compères passaient leurs journées à discuter, à l'ombre des terrasses, tout en sifflant de longs pastis. Menchourian avait même rencontré une femme, de dix ans sa cadette, avec qui il vivait une idylle, comme seuls les septuagénaires qui vivent une seconde jeunesse savent le faire. Il ne s'était pas senti aussi fringant depuis belle lurette.

Marie-Belle et Secours meublaient leurs jours de longues promenades et de baignades. Ils disparaissaient souvent ensemble pour ne revenir qu'une fois la nuit tombée. Ayant réussi, par Dieu seul sait quel moyen, à se brancher sur le Net, le barbu s'était peu à peu forgé un quotidien partagé entre Marie-Belle, le soleil et la réalité virtuelle. C'est d'ailleurs de cette façon qu'il correspondait parfois avec Vincent Grenier, malgré le risque potentiel d'une telle communication.

Il n'y avait que le Boss, qui n'était plus le boss de rien, qui tournait comme un lion en cage. Une fois la magie des premiers moments de véritable liberté passée, il s'était enfermé dans un silence pesant. Ses journées s'allongeaient

dans une infinie répétition d'ennuis au sein d'un décor bu-
colique qui n'arrivait plus à l'émouvoir. Un après-midi, il
prit Menchourian à part. Ils s'installèrent sur des bancs de
bois, à l'ombre d'un grand arbre, au bord de la mer.

— Manny, il faut qu'on se parle.

— Je suis tout ouïe, mon garçon.

— Je crois bien que j'vais retourner à Montréal.

Menchourian dévisagea Marcel sans broncher.

— C'est pire qu'en prison ici pour moi. Je passe mes journées à ne rien faire et, le soir, je me saoule la gueule pour
pouvoir m'endormir. Ici, je ne suis rien. Vous comprenez ?
J'en ai assez de jouer les maris modèles d'une bonne femme
trop parfaite pour moi. Et je ne suis pas aveugle ! Je vois
bien, pour Toute-Belle et Gilles. Qui pourrait leur en vouloir ? Elle et moi, on n'a jamais vraiment été... vous comprenez ? Il observa un court silence en gribouillant dans le
sable avec un bout de branche... Au moins, à Montréal, je
suis quelqu'un. Je connais du monde, j'aurais quelque chose
à faire...

— Marcel, je n'ai jamais pu t'empêcher de faire quoi que
ce soit. Ce n'est pas aujourd'hui que ça va commencer. Je
suis simplement surpris que tu aies tenu aussi longtemps.
Et ton attitude envers Marie-Belle t'honore. Rappelle-toi
que, comme l'a déjà écrit Paul Bourget : « Le flirt est le
péché des honnêtes femmes et l'honnêteté des pécheres-
ses. » Aurais-tu mûri en prison par hasard ? Ryan répondit
à cette question par un rire de bon cœur. Va ! Tu as ma
bénédiction et inutile de te dire d'être prudent.

C'est à ce moment que Gilles Secours les appela tous à l'intérieur, car il avait obtenu la communication vidéo avec Vincent Grenier. Chacun se plaça comme il put pour être dans le champ de la petite caméra de l'ordinateur.

— Comment ça va, tout le monde ? s'enquit Grenier à la vue de cette joyeuse ribambelle.

— On ne peut mieux, répondit immédiatement Secours. Le soleil est divin, la bouffe est pas mal et les femmes sont chaudes. Demande-le à Manny, qui joue les jolis cœurs avec une indigène. Menchourian eut un léger rougissement. Et toi ?

— Moi, c'est la France. Qui prend épouse prend pays ! Quitte à devoir supporter plus d'une Française à la fois !

Et la discussion continua de plus belle, sur ce ton à la fois jovial et fataliste. Tous y allaient d'une boutade ou d'un mot d'esprit, encore surpris par la tournure favorable des événements.

— Il faut que vous sachiez la dernière, reprit Vincent Grenier. Selon la version officielle, l'avion qui emportait le Boss se serait abîmé en mer et on n'aurait jamais retrouvé l'épave ni les corps. Alors, bonne nouvelle pour vous, Boss ; vous êtes mort. Ce fut l'hilarité générale. Dites donc, Manny, qu'avez-vous fait avec notre NĀDA ?

— J'ai vendu le nom et la marque de commerce à une compagnie de dessous féminins en soie. Un design très léger, il va sans dire. Leur nouveau slogan, c'est : ou rien ! Pas mal, hein ?

— Et est-ce que la nouvelle heureuse propriétaire de cette compagnie ne serait pas une de tes récentes connaissances intimes par hasard ? demanda Marcel Ryan.

— Non, un écrivain plutôt ! Et tous pouffèrent de rire à nouveau.

Grenier revint à la charge à l'intention de Secours.

— Maintenant que tout est fini, Gilles, aurais-tu l'amabilité d'éclairer notre lanterne ? C'était quoi la méthode qu'ils utilisaient pour truquer la loterie ?

Gilles Secours se gratta la barbe, hésitant. Puis, devant tous ces regards inquisiteurs intensément tournés vers lui, il lança :

— Je n'en ai aucune idée. C'était du bluff !

Il y eut une seconde de flottement puis Marie-Belle commença à rire, suivie bientôt par Secours lui-même, et finalement, tous éclatèrent d'un rire communicatif qui s'amplifia jusqu'à ce qu'ils s'en tiennent les côtes.

※

Au bureau de Robertson & Robertson, on retravaillait l'image de la Société des loteries. Celle-ci avait procédé à l'abolition de plusieurs loteries et implantait une foule de nouveaux jeux. On avait prétexté la désuétude de plusieurs produits et un désintérêt du public par rapport aux « vieilles » loteries. En réalité, la société avait revu de fond en comble son système informatique et ses protocoles de sécurité, ce qui l'avait contrainte à ces abolitions. C'est durant une réunion de production qui s'étirait dans la soirée qu'Antonio Retondo, le détective privé de l'agence, entra dans le bureau de son patron. Il avait des nouvelles importantes à lui transmettre.

— J'espère que ça en vaut la peine, grogna Robert Robertson.

— Vous allez voir, patron, que vous ne me payez pas pour rien ! flagorna le bel Italien. Ce que j'ai découvert va vous jeter par terre. Imaginez-vous donc que notre accordeur de pianos, vous savez, le vieux Menchourian, eh bien, le bonhomme n'est nul autre que le père de Marcel Ryan, celui qu'on appelait « le Boss ». Ryan, c'est le diminutif de Menchourian. En réalité, le gars s'appelait Marcello Raffi Menchourian. Il aurait changé son nom quand il est revenu au pays après un séjour en Europe. Pas mal, hein ?

En guise de réponse, Robertson lui lança à la tête le dossier qu'il tenait à la main.

— Retondo, vous êtes viré !

REMERCIEMENTS

J'aimerais remercier l'équipe des éditions JKA
pour l'accueil chaleureux qui m'a été réservé et plus
spécifiquement Caroline Barré pour sa disponibilité
et sa gentillesse.

Un merci tout particulier à Josée Daigneault,
ma complice de si longue date, pour son travail de recherche
sur les incongruités.

Achevé d'imprimer
en février deux mille dix, sur les presses
de l'imprimerie Gauvin, Gatineau, Québec